D1342244

La collection
ÉTOILES VARIABLES
est dirigée par
André Vanasse

Du même auteur

Privilèges de l'ombre, poèmes, Montréal, l'Hexagone, 1961.

Nouvelles, avec Jacques Brault et André Major, Montréal, Cahiers de l'A.G.E.U.M., 1963.

Délit contre délit, poèmes, Montréal, Presses de l'A.G.E.U.M., 1965.

Adéodat I, roman, Montréal, Éditions du Jour, 1973.

Hugo : Amour / crime / révolution, essai, Montréal, Presses de l'Université de Montréal, 1974. Réédition : Québec, Nota Bene, 1999.

L'instance critique, essais, Montréal, Leméac, 1974.

La littérature et le reste, essai, avec Gilles Marcotte, Montréal, Quinze, 1980.

L'évasion tragique, essai sur les romans d'André Langevin, Montréal, Hurtubise HMH, 1985.

La visée critique, essais, Montréal, Boréal, 1988.

Les matins nus, le vent, poèmes, Laval, Trois, 1989.

Dans les chances de l'air, poèmes, Montréal, l'Hexagone, 1990.

Particulièrement la vie change, poèmes, Saint-Lambert, le Noroît, 1990.

La croix du Nord, novella, Montréal, XYZ éditeur, 1991.

L'esprit ailleurs, nouvelles, Montréal, XYZ éditeur, 1992.

Le singulier pluriel, essais, Montréal, l'Hexagone, 1992.

La vie aux trousses, roman, Montréal, XYZ éditeur, 1993.

La Grande Langue, éloge de l'anglais, essai-fiction, Montréal, XYZ éditeur, 1993.

Delà, poèmes, Montréal, l'Hexagone, 1994.

Tableau du poème. La poésie québécoise des années quatre-vingt, Montréal, XYZ éditeur, 1994.

Fièvre blanche, novella, Montréal, XYZ éditeur, 1994.

Roman et énumération. De Flaubert à Perec, essai, Montréal, Université de Montréal, Études françaises, coll. «Paragraphes», 1996.

Adèle intime, roman, Montréal, XYZ éditeur, 1996.

Les Épervières, roman, Montréal, XYZ éditeur, 1996.

Le maître rêveur, roman, Montréal, XYZ éditeur, 1997.

Une étude de «Bonheur d'occasion» de Gabrielle Roy, essai, Montréal, Boréal, 1998.

L'inconcevable, poèmes, Laval, trois, 1998.

Saint-Denys Garneau. Le poète en sursis, récit biographique, Montréal, XYZ éditeur, coll. «Les grandes figures», 1999.

Anne Hébert. le secret de vie et de mort, essai, Ottawa, Presses de l'Université d'Ottawa, 2000.

André Brochu

Matamore premier

roman-farce

Étoiles variables

XYZ éditeur

La publication de cet ouvrage a été rendue possible grâce à l'aide financière du ministère du Patrimoine canadien par l'entremise du Programme d'aide au développement de l'industrie à l'édition (PADIÉ), du Conseil des Arts du Canada, du ministère de la Culture et des Communications du Québec et de la Société de développement des entreprises culturelles.

© XYZ éditeur
1781, rue Saint-Hubert
Montréal (Québec)
H2L 3Z1
Téléphone : 514.525.21.70
Télécopieur : 514.525.75.37
Courriel : xyzed@mlink.net

et

André Brochu

Dépôt légal : 4e trimestre 2000
Bibliothèque nationale du Canada
Bibliothèque nationale du Québec
ISBN 2-89261-286-1

Distribution en librairie :

Canada :	Europe :
Dimedia inc.	D.E.Q.
539, boulevard Lebeau	30, rue Gay-Lussac
Ville Saint-Laurent (Québec)	75005 Paris, France
H4N 1S2	Téléphone : 1.43.54.49.02
Téléphone : 514.336.39.41	Télécopieur : 1.43.54.39.15
Télécopieur : 514.331.39.16	Courriel : liequebec@cybercable.fr
Courriel : general@dimedia.qc.ca	

Conception typographique et montage : Édiscript enr.
Illustration de la couverture : dessin d'André Brochu et Lucie Deslandes
Maquette de la couverture : Zirval Design
Photographie de l'auteur : Serge Cinq-Mars

Préface express

La politique est un roman. Il suffit, pour s'en convaincre, de mettre bout à bout les petits et hauts faits que colportent les journaux.

Le roman de la politique n'est pas sans rappeler un vieil embranchement du genre dramatique : la farce.

On trouvera donc ici la farce du Québec, même si l'action se passe souvent à Ottawa ; un Québec tout encombré de la mère fédérale dont il n'arrive pas à se couper. De là, justement, la farce.

Mais rions plus encore, et imaginons qu'un sauveur…

A. B.

Que voulez-vous faire de quelqu'un qui ne met jamais le nez dans un dictionnaire ?

GAÉTAN SOUCY

Première partie

I

Yvette

Vers les dix heures du matin, le très honorable Wilfrid Stephen Christian fut réveillé par une pensée, un éclair, quelque chose qui n'avait rien de précis mais qui brûlait aussi intensément qu'une joie. Oui, la joie, la satisfaction, comme il en éprouvait souvent mais jamais, jamais à ce point, qu'était-ce ? Qu'est-ce qui le bouleversait donc, dans sa tête et dans tout son corps ? Ah oui ! bien sûr ! Évidemment ! Comment avait-il pu oublier, au point de dormir comme un petit enfant, les poings fermés, comme un juste, comme un bienheureux de cette terre ?

Victoire ! Victoire ! Diable, les manuels d'histoire auraient tout un ajustement à faire. Il faudrait écrire sur lui des chapitres complets, vanter le phénomène, la longévité, tout ! Merci, mon Dieu ! Vous que je prie depuis que ma sainte mère a joint mes mains et qu'elle m'a appris les mots, ceux du Notre Père, du Je vous salue Marie et du Gloire soit au Père! Oh! maman, toi dans ton ciel où t'ont menée tout droit tes vertus de femme et de Canadienne, me vois-tu ici, maintenant, à côté de ta bru qui... non, tiens, elle est debout déjà. Me vois-tu, dans mon beau pyjama brodé, moi le premier citoyen de ce pays le plus vanté du monde, avec ma gueule un peu croche, comme disent mes détracteurs qui s'en mordront les pouces un jour, de n'avoir pas le respect des infirmités, ils pâtiront au purgatoire ou en enfer pour leur manque de charité, me vois-tu au lendemain de cette historique victoire, prêt à reprendre le flambeau et à pousser plus loin l'œuvre que j'ai entreprise? L'œuvre, maman, de toute ma vie, l'œuvre dont on n'imaginait même pas, quand tu m'enseignais le Notre Père, qu'elle deviendrait un jour la priorité des priorités: sauver, sauver ce beau pays menacé par une bande de maudits nationaleux, de Canadiens français attardés, complexés, incapables de se tenir tranquilles et de comprendre les bienfaits de la démocratie, des chialeux, maman, pas même capables d'apprendre l'anglais comme tout le monde, comme moi-même, bonne maman, je l'ai appris de toi qui m'enseignais mes prières dans l'une et l'autre langues et me préparais à devenir un honnête citoyen de notre beau pays.

Mais quelle heure est-il? Ouf! Dix heures dix? Je ne dors jamais si longtemps. Il est vrai que je me suis couché à cinq heures. Cinq heures du matin! Yvette aussi, mais, elle, il n'y a rien pour l'arracher à ses habitudes. Elle va dormir debout toute la journée, mais pas question qu'elle s'allonge sur un divan, encore moins sur son lit. Il n'y aura qu'à subir sa mauvaise humeur… Chère Yvette! Sans elle, où serais-je aujourd'hui? Sans elle et sans toi, maman chérie. Et sans vous, bonne Sainte Vierge à qui je dois cette belle suite de réussites qui ont fait de moi, le petit gars de Saint-Lin, un avocat prospère et un politicien comblé. Un chef! Et plus encore: le sauveur de mon pays, car que serait mon pays sans ma ténacité et mon grand flair politique? Eh bien, ce flair, Sainte Vierge, c'est vous qui l'avez fait s'épanouir en moi, comme une gerbe de fleurs bleues et blanches. Si bleues, si blanches que mes adversaires, ces envieux, en méconnaissent la réalité. Depuis toujours on sous-estime mes capacités, bonne Mère du ciel, et l'on s'étonne des grands accomplissements qui, grâce à vous, jalonnent ma vie. Moi! Moi, premier ministre du Canada pour un troisième mandat, alors que tant de gens se croient supérieurs à moi, mes soi-disant amis aussi bien que mes ennemis déclarés! Moi, la gueule croche, les yeux vitreux, l'air demeuré, le corps d'un gros moustique dressé sur mes pattes torses, que suis-je?

Que suis-je! La langue me fourche, je devrais me demander: *qui* suis-je? *Que*, cela s'emploie pour un animal, une chose, pas pour Wilfrid Stephen Christian! Que suis-je, c'est la question que devrait se poser mon bon ami St. Paul… Pardon, bonne Sainte Vierge, je suis méchant.

Qui suis-je ? Voilà exactement le genre de question qui m'horripile, même dans mes moments de fainéantise. *To be or not to be*, disait l'autre. Yvette me réglerait mes problèmes métaphysiques si elle était ici au lieu de s'abrutir devant son émission de télé. Dix heures vingt, c'est l'heure où elle lève une patte puis l'autre en suivant l'animatrice américaine aux grosses cuisses, du vrai bétail youhessai, nos écrans en débordent. Et moi, pendant ce temps, je traîne au lit, je pense à tout, à rien, à vous, bonne Sainte Vierge, à moi, à mon beau grand pays que, une fois de plus, j'ai sauvé de l'abîme en me faisant élire, autant par les gens de l'Est que par ceux de l'Ouest, les newfies et les cow-boys. Un triomphe. L'unité nationale enfin réalisée, grâce à qui ? Grâce à moi, mon Pit ! Saint Pit de saint prout de trou d'eau !

Ah ! même Ti-Pit, mon vieux pote, mon maître et mon mentor quand les colombes ont apporté le brin d'olivier du Québec à Ottawa, même mon vieux pigeon de Ti-Pit n'aura pas fait mieux. Au contraire car lui, Pipit, se battait avec des idées, ou de prétendues idées, ce qui ne mène jamais aux victoires complètes. Des batailles d'idées, il en reste toujours quelque chose pour l'opposition, il y a des repousses. Quand il a dit que le séparatisme était mort au Québec, il s'est fourré le doigt dans l'œil jusqu'au coude, le pauvre. Ça, c'est les idées. Ça ne mène pas le monde, bien au contraire, et ça donne des arguments aux adversaires.

Wil, dans son grand pyjama brodé bleu et blanc – les couleurs de la Madone qu'il vénérait tant ; dans l'intimité, le rouge répugnait à ce libéral –, resta pendant quelques secondes la tête vide, complètement libre de tout élément de réflexion. Il lui arrivait ainsi, même pendant ses discours en chambre, de se trouver en panne de conscience, comme un ordinateur dont l'écran passe au gris absolu. C'était une sensation délicieuse et honteuse à la fois, un sentiment du rien universel, de la mort de Dieu sans panique boursière, du « *No problemo!* » laurentien, qui pouvait durer de sept à vingt-deux secondes pendant lesquelles le monde maintenait intacte sa structure autour de lui, de sorte que, revenant à son monologue intérieur, il retrouvait simultanément les grandes apparences quotidiennes, fidèles garantes du meilleur pays du monde. Wilfrid Stephen Christian, descendant de Sir Wilfrid Laurier et du très honorable Louis-Stephen Saint-Laurent, à qui il devait ses prénoms, c'était cela : un soleil de première classe, avec des éclipses, mais un fichu pouvoir de rattrapage. « De tapage ! » crie l'opposition. Eh bien, non : de tape, tout simplement. Wilfrid Stephen Christian, c'est l'homme qui, d'une tape, aplatit tous les problèmes. On l'a vu faire mine d'étrangler un manifestant qui voulait reluquer d'un peu trop près le visage de la démocratie, on a admiré la poigne virile, mais rien n'égale la plate tape dont il assomme un scrupule ou un obstacle.

– Mon loup! Mon louloup! Que je t'aime donc!

Yvette, en débraillé, vient d'entrer dans la chambre sans qu'il s'en soit rendu compte, perdu qu'il était dans la rumination de ses mérites. Elle s'avance vers lui en minaudant, chatte en chaleur, comme elle le fait deux ou trois fois par an quand son gros loup lui fait de grosses joies. Quatre ans de plus comme première dame du pays, voilà une perspective gratifiante pour une fille de plombier.

– Viens que je t'embrasse, susurre-t-elle pendant que son œil à lui se mouille d'émotion.

– Ma belle Vévette! On a gagné, ma chérie, on a encore gagné, mautadit!

– Tu es tellement formidable!

– Non, c'est toi, toi qui fais tout. Il n'y a pas un mot que tu me dis, qui ne tourne à la déconfiture de mes adversaires.

– Flatteur, va! Comme si j'étais ton bon génie!

– Eh bien, oui, Yvette, tu l'es! Tu l'es! Je t'embrasse!

Ils s'exécutent. Pendant un instant, la somptueuse résidence du premier citoyen du Canada, bourrée de gardes du corps et de caméras, devient le temple de l'amour et de la reconnaissance.

– J'ignore ce que mon brave bras droit pense de tout ça. Il était tellement sûr que, si je me présentais de nouveau, le parti allait tout droit à la défaite…

– Un traître, ce Martin St. Paul! Tu ne devrais jamais faire confiance à cet hypocrite. Mais il a été bien attrapé. Dans quatre ans, il sera trop tard pour lui, jamais on ne voudra élire un homme de son âge à la tête du pays. Toi seul, mon loup, tu es resté assez jeune et assez beau pour séduire l'électorat. Que je t'aime! que je t'aime! Eh bien, sais-tu quoi?

– Quoi donc, ma belle Vévette?

– Je ne suis pas prophétesse, mais ça me dit que si, dans quatre ans…

– Quoi, un quatrième mandat?

– Ben… pourquoi pas?

– Voyons, Vévette, sois raisonnable!

– Soixante-douze ans, pour un gars comme toi, un… un athlète!

– Vévette!

Wilfrid Stephen bougea lourdement dans son ornière, tiraillé par le goût de régner (lui, il prononçait «ronner», à l'ancienne) et un gros désir de repos.

– Ma chère femme, reprit-il, dans quatre ans, on verra! Je ne dis pas non, mais je ne dis pas oui. En tout cas, je t'en prie, pense un peu à moi qui me déglingue chaque jour un peu plus, sous l'effet de l'âge et de la maladie, et qui aspire à quelques années de bon temps avant que d'aller au repos éternel.

– Tut, tut ! l'âge, la maladie ! Tout le monde a
ses bobos, ce qui n'a jamais empêché un Louis
XIV de régner, ou un Reagan de se faire aduler
des foules.

– L'étendue de tes connaissances historiques
me stupéfiera toujours. Il était bien gaga, Louis
XIV ?

– Mets-en ! Dès la révocation de l'édit de
Nantes…

– Diable ! comment dis-tu ça ? Révocation,
comme dans convocation ?

– C'est un terme de politique, comme la sub-
sidiarité ou l'imputabilité. Ça ne veut rien dire,
mais le voteur fait sa croix au bon endroit.

– Que tu es savante, ma mie !

Ils soupirent de bonheur. Dans leur lit queen
orné au chiffre d'Élisabeth II, ils reposent côte à
côte, exceptionnellement désœuvrés en ce jour
consacré à la récupération. Ce sont les chefs de
l'opposition qui doivent vivre un mauvais moment, après une nuit d'insomnie et plusieurs heures passées à préparer la réunion des instances du
parti en déroute. Perdre une élection, quelle que
soit l'ampleur de la victoire morale, c'est devenir
un perdant aux yeux de tous, des meilleurs amis
du parti, et en particulier de ceux qui ont investi
leur confiance, leur temps ou leur argent dans
votre candidature. Wilfrid Stephen Christian
n'est pas un méchant homme, mais il ne peut
s'empêcher de sourire (effrayant spectacle !) à la
pensée de la défaite de ses deux homologues, le

conservateur et le réformiste, et surtout de la débandade du Bloc québécois, enfin réduit à la taille d'un dérisoire parti de protestation. Deux élections encore et c'en sera fini, de la démagogie nationaliste. Vraiment, ce que Ti-Pit n'a pas réussi, Christian le fait, tout comme Chateaubriand, pendant la guerre d'Espagne, triomphait là où Napoléon avait mordu la poussière. C'est Cellophane Dion qui a fait le rapprochement. Cellophane, un vrai Canadien !

Vévette n'aime pas beaucoup ce petit fédéraliste enragé, trop convaincu d'avoir raison pour être intelligent. La vraie façon d'être Canadien, pense-t-elle, c'est de s'en foutre. En se fichant du Canada, du Québec et de tout, on se donne les moyens de faire de la bonne politique. Avec une telle théorie, Yvette Christian a machiavélisé son Wil en douce, sans même qu'il s'en rende compte, homme de traque bien droite peu à peu déporté hors de sa voie et désormais aligné, en toute bonne foi, sur le succès individuel.

Wilfrid Stephen aime bien les gens qui croient ce qu'ils disent (ce qui ne revient pas tout à fait à dire ce qu'ils croient !). Lui-même succombe quotidiennement à cette tentation et, n'était Yvette pour le surveiller par-derrière et lui donner les petits coups de barre nécessaires, où n'irait-il pas s'échouer ? Dans les accolades faussement amicales de Martin St. Paul, par exemple, son bras droit si habile à ignorer ce que fait sa main gauche, ou dans les jupes limoneuses de

Melissa Fallentrop, ministre responsable de la
mosaïque canadienne et du dossier antitabac,
une croisée au rouge épais. Il y a aussi les roués
du deuxième âge qui s'assoient à tour de rôle sur
les mêmes chaises de la Santé, du Commerce et
de la Défense, lorgnant tous les Affaires étrangè-
res, le seul poste où l'on peut paraître à son avantage tout en échappant à l'influence d'Yvette et
en se faisant de solides amitiés américaines. Cette
horde de loups affamés et soumis, que ses mâles
les plus brillants finissaient par abandonner pour
retourner régner dans leur province, fatigués
d'espérer une ouverture à la mesure de leurs am-
bitions, rêvait ferme d'une désintégration à la
Star Trek de celle qui les avait courbés sous sa
poigne d'enfer.

Leur soumission, sans doute, n'était rien en
comparaison de l'assujettissement total du chef du
gouvernement, et pourtant, ce dernier trouvait
dans l'esclavage conjugal un épanouissement fé-
roce de ses facultés intellectuelles qui faisait de
lui, paradoxalement, le maître incontestable du
pays. Sa femme se fût-elle désintégrée, comme le
souhaitaient St. Paul et les autres, Wilfrid Stephen
l'eût suivie aussitôt dans les oubliettes de la petite
histoire. Mais elle était là, il ronnait et la grande
histoire commençait à en être sérieusement im-
pressionnée. Il n'arrivait pas souvent qu'un drôle
de corps, sorte de Frankenstein animé par une
cervelle d'une puissante médiocrité, dont les pata-
quès médusaient la communauté internationale,

cumulât victoire électorale sur victoire électorale grâce à l'appui tactique aussi bien des Québécois récalcitrants que du ramassis majoritaire qui souhaitait leur assimilation.

Wil était sans doute conscient de la piètre opinion qu'on avait de lui. Mais il avait aussi le sentiment d'être *the right man at the right place*, sorte de roi heureux d'une population devenue, au fil des ans, l'une des plus bigarrées du monde puisque chaque immigrant n'avait de compte à rendre qu'à lui-même, pas même tenu d'apprendre la langue du pays qui est l'anglais, et surtout pas l'autre langue, le français, dérisoire survivance d'un passé colonial et catholique.

Wil se savait, depuis toujours, un peu bouffon à cause de son opacité d'allures, conséquence d'un physique poussé trop grand, trop vite et quelque peu déprimé aux jointures et ainsi, tout de guingois, il occupait sans imposture la place qui lui revenait, celle de centre mou des disparités et des insignifiances, en bon démocrate que sa femme tient dans le droit chemin de la réussite individuelle et collective. Par l'intermédiaire de son homme de barre, Yvette gouvernait le Canada comme elle avait gouverné sa petite maison de jeune mariée, au linoléum luisant, aux carreaux toujours propres où s'invitait le soleil effronté.

— Mon beau loup, qu'allons-nous faire de notre journée ? Je te préviens : il est rigoureusement interdit de travailler aujourd'hui. Si je te vois ruminer un seul instant tes problèmes de relations fédérales-provinciales, je te quitte là et je cours m'offrir au beau Cellophane Dion.

– Vraiment! Vévette, mon adorée, tu ferais ça? Avec ce ouistiti, cet adepte du nœud papillon?

– Ne ris pas, je suis très sérieuse. Ma foi, j'ai l'impression que tu te crois à l'abri des infidélités. C'est là faire outrage à ma féminité, t'en rends-tu compte? Pour qui me prends-tu, Wilfrid Stephen Christian? Boris, Dick, le pape lui-même m'ont glissé dans l'oreille de ces petits mots…

Il s'approche d'elle, passe la main dans son débraillé, l'attire contre lui. Son pyjama de soie brodée palpite. Elle émet un grondement tendre, ferme les yeux et murmure:

– Ô mon Wil, mon seul, mon grand, mon délicieux amour, que serais-je sans toi?

Ce genre de questions le laisse coi, lui qui a pourtant une réponse toujours prête pour les interpellateurs de la Chambre. Mais dans sa chambre du 24, rue Sussex, il éprouve le sentiment de vulnérabilité de l'homme que désarme la moindre sollicitation intime.

– Je t'ai posé une question, mon loup. Dis-moi, sans toi, qu'est-ce que je suis, moi?

– Euh… pas facile de répondre. Je suis aussi embarrassé qu'Ulysse devant le Sphinx…

– Tiens, un souvenir de collège?

– Je t'en supplie, Yvette, ne raille pas, tabarouette! Il y a bien assez de l'opposition qui entretient le mythe de mon inculture. Heureusement, cela m'a bien servi. Le peuple aime élire des gens dans lesquels il se reconnaît, des gens pas fiers et qui ont les deux pieds sur terre.

— Pourtant, le peuple a élu Ti-Pit, qui écrivait des livres.

— Oh! si peu! Mais Ti-Pit est l'exception qui confirme la règle. Et puis, malgré ses grands mots, il avait les pieds sur terre. C'est lui qui a changé le Canada, qui en a fait une mosaïque d'une mer à l'autre, de sorte que le Québec, grâce aux immigrants, s'est canadianisé jusqu'à la moelle. Comment peut-il se croire encore distinct? Il lui faut une loi pour se donner l'illusion de parler français, mais tout le monde y fait des sous en anglais. Dans dix ans, ma bonne, dans vingt ans au plus, la question du Québec sera réglée une fois pour toutes. Même Lucien Boucher, veut, veut pas, travaille pour nous. Le danger est passé.

— Attention, mon loup! Ti-Pit disait bien que...

— Oui, il a proclamé la mort du séparatisme, et il s'est trompé de trente ou quarante ans... Mais c'est lui, aussi, qui a fouetté les ardeurs nationalistes. S'il s'était tu, le Canada serait depuis longtemps un pays uni, une nation, au vrai sens du terme. Nous ne serions même pas ici, dans cette chambre royale, pour nous réjouir de la victoire libérale. Qui sait, un imbécile du N.P.D. serait peut-être même au pouvoir et nous nous bécoterions tranquillement, mon amour, dans la

chaumière de Saint-Lin où nous aurions pris notre retraite. Le meilleur pays du monde serait
aussi le plus divers, et par le fait même le plus homogène !

— Délicieux paradoxe ! Décidément, mon
cher Wil, ton éloquence s'améliore sans cesse. Je
note de grands progrès depuis quelque temps.
Continue.

— C'est toi qui m'inspires, mon lapin.

— Là, tu en reperds un peu... Tu sais que je
déteste me faire appeler « mon lapin ».

— Mon chou, d'abord.

— Pfeu !

— Bijou, caillou, chou, genou, hibou, joujou,
pou.

— Hou !

Ils se lutinent un peu.

II

Il ronfle

Une étrange conjonction de facteurs avait conduit le Parti libéral à une victoire électorale sans précédent. Pourtant, au cours des semaines qui avaient précédé le déclenchement des élections, jamais la popularité du premier ministre n'avait tant laissé à désirer. Il traînait au bas de tous les sondages et, n'eût été l'obligation de mettre un terme à un mandat déjà étiré au maximum, les stratèges du parti auraient reporté encore la fatidique échéance.

Le fait est que, après huit ans de pouvoir, la machine libérale était sérieusement esquintée. Les profiteurs du régime s'étaient rempli les poches autant que faire se peut sans mettre en danger la réputation de leurs bienfaiteurs. Des fuites cependant avaient plongé le gouvernement dans l'eau bouillante. La cote d'alerte avait même été atteinte quand Martin St. Paul, le ministre des Finances, s'était vu soupçonné d'interventions

abusives en rapport avec l'octroi d'une plantu-
reuse subvention à une industrie qu'il dirigeait en
sous-main. Par ailleurs, une affaire de contrat
pour l'achat de vingt nouveaux chars d'assaut, vi-
vement réclamés par le ministère de la Défense
qui en faisait la base même de sa stratégie pour la
protection du Grand Nord canadien, commençait elle aussi à faire du bruit. L'opposition se régalait de ces prétendus scandales et harcelait
quotidiennement en Chambre les ministres con-
cernés, en particulier Martin St. Paul en qui tous
les observateurs voyaient le successeur de Wilfrid Stephen Christian. Ce dernier ne se faisait
pas faute de voler au secours de son bras droit, le
plus maladroitement possible pour le couler encore davantage. C'était, en effet, un secret de
Polichinelle : la température de l'amitié que
Christian vouait à son dauphin avoisinait le de-
gré zéro sur l'échelle Kelvin. « Monsieur le président, aboyait le premier ministre, les accusations
portées contre l'honorable ministre des Finances
sont de pures inventions, il me l'a assuré lui-
même ! Vais-je mettre sa foi en doute et croire
des gens qui, monsieur le président, n'ont d'autre
but que de jeter le discrédit sur une équipe qui,
depuis huit ans, monsieur le président, sert le
pays avec une abnégation sans pareille ? » Sa déclaration terminée, il se rassoyait dans un tollé de
protestations et, d'un regard froid, évaluait ses
chances sans cesse plus minces, au train où la
réalité lui échappait, de ne pas aboutir dans une

maison de santé. Il est vrai que la Chambre des communes, encore plus schizophrénique qu'avant depuis que le Bloc québécois y avait introduit l'usage soutenu du français, en constituait la digne antichambre.

Il y avait cela : l'usure du pouvoir et le parfum qui en résulte. Il y avait la fatigue et le dégoût ressentis d'un bout à l'autre du pays devant le spectacle du lutteur éraillé, au faciès chaotique, aboyant en français de bas étage des évidences qui, toujours, noyaient à peu près le poisson. Quand il parlait anglais, les petits enfants riaient et les vieux Noirs, petits-fils d'esclaves, maintenant contrôleurs au service de Via Rail, éprouvaient la honte des serviteurs trahis. Que devenait le Canada, jadis fleuron magnifique de l'empire de sa gracieuse majesté ?

Les « Anglais » en avaient assez d'un pouvoir qui postillonnait en français, soi-disant pour empêcher le Québec de s'émanciper et de casser la baraque. Depuis Lester B. Pearson, personne (c'est le cas de le dire) de digne n'avait accédé à la fonction suprême de chef de l'État. Les francophones s'étaient succédé, sous la bannière tantôt libérale, tantôt conservatrice, offrant l'affligeant spectacle d'esbroufeurs tournés contre leur peuple. Le plus représentatif, le plus méprisé et pourtant le plus craint était bien le dernier de la dynastie, celui que l'électorat ontarien avait accepté comme une ultime dérogation au bon sens, avant que le poids démographique des anglophones et

des anglophiles ne réduise à jamais à néant la prétention québécoise de fonder une nation. Wilfrid
Stephen Christian était le porteur de cet avenir
uni sous la bannière fédérale et l'hystérie multiculturelle. Bientôt, on pourrait se passer des francophones à Ottawa et planifier enfin la société
unanime, toutes différences confondues. Les individus y auraient tous les droits, même et surtout
celui de s'assimiler. Le libre choix serait la loi.

En attendant, Willy Christian régnait (ronnait) sans illusions, bien décidé à faire durer l'imposture. Le Canada, il s'en fichait, mais il haïssait
le Québec qui lui rappelait Saint-Lin et les vexations qu'il y avait endurées, tout au long de son
enfance. Le petit gars de Saint-Lin avait pâti plus
que sa part de l'hostilité des voyous de son âge,
qui l'avaient choisi pour souffre-douleur. Il s'était
promis d'accéder au plus haut poste, quand il serait grand, et il avait réussi au delà de ses espoirs
les plus fous.

Pourtant, même au sommet, il ne cessait de
flairer quelque méprise, et ses adversaires lui faisaient bien sentir quelle montagne d'imbécillité
servait de socle à son triomphe. Il en pleurait
presque, dans ses moments de mélancolie, quand
ni Vévette ni Cellophane, ce puceau intempestif
qui le harcelait de théories contre le Québec,
n'arrivaient à le rasséréner. Et la campagne qui
s'amorçait promettait bien de renvoyer sur les
bancs de l'opposition, voire dans les oubliettes de
l'histoire, la dernière des brochettes d'honorables

qu'avait fait élire, depuis trente ans, le péril québécois.

Les sondages, de jour en jour, confirmaient la débandade libérale et la montée de tous les autres partis, qui se voyaient déjà élus avec un nombre record de députés. Il ne restait qu'une semaine avant le jour du scrutin. Plus aucun libéral ne croyait à la victoire. C'est alors que parut, simultanément en anglais et en français, la fameuse interview d'Yvette Christian intitulée «L'art d'être grand-mère».

Les premières à réagir furent, évidemment, les femmes au foyer qui, lasses de se tourner les pouces, ouvrirent le magazine apporté par le facteur. Elles regardèrent avec méfiance la page couverture où la première dame, en chapeau à deux plateaux digne de la reine du Canada, posait avec une élégante simplicité, un poupon dans les bras. Elles qui ne portaient jamais de chapeau, même sans étage, et qui s'habillaient chez Taylor's, trouvaient d'abord la dame bien effrontée de faire ainsi parade de sentiments familiaux. «C'est-y même un vrai beubé?» s'interrogea l'une d'elles. «En tout cas, il ne ressemble pas à son grand-père. Sa petite bouche est droite comme un trait d'union... fédéral-provincial!» pensait une autre.

Dans les pages intérieures, non seulement reparaissait le fameux chapeau qui, à l'envers, aurait pu servir pour le bain du bébé, mais d'autres photos faisaient étalage de tous les accessoires de

la grand-maman moderne, du biberon à sac jetable aux Pampers hygrophiles, un vrai miracle
d'escamotage. La première dame expliquait que,
dans le meilleur pays du monde, on se devait de
donner aux enfants les soins appropriés. Ainsi, ils
n'acquéraient pas une mentalité négative les dis-
posant plus tard à entretenir de fausses idées sur
ce que doit être un pays. Quand on a la chance
d'être le citoyen d'un État salué par tous les peuples de la terre comme celui où il fait le mieux vivre, « on ne rêve pas mieux car, d'emblée, on a
ce qu'il y a de mieux ». Et les Pampers hygrophiles, continuait la première dame du pays, sont ce
qu'il y a de mieux. Elles absorbent les pipis du
bébé jusqu'à neuf fois son poids – après quoi il
faut songer sérieusement à un changement. Mais
quel parti d'opposition pouvait prétendre offrir
aux Canadiens jusqu'à neuf fois leur poids de satisfaction démocratique et de bonheur garanti,
pour peu que les facteurs irritants, tels que la pauvreté, le nationalisme et le prix des œufs, soient
mis de côté ?

Après cette démonstration d'optimisme pratique, la première dame hasardait une confidence
sur son mari, certaine que les femmes et les hommes sauraient comprendre : IL RONFLAIT !

Oui, elle l'a bien dit : il ronfle. La nuit parfois,
après s'être couché la tête pleine des problèmes
que soulève immanquablement l'administration
d'un vaste pays chaque jour plus canadien en
l'étant moins, puisque des solliciteurs du monde

entier viennent y chercher un peu de paix et de bonheur, ce qui correspond à la vocation majeure de la fédération-mosaïque ; la tête pleine aussi des injures de l'opposition et des caricatures des grands quotidiens, toutes plus blessantes les unes que les autres ; après s'être éveillé plusieurs fois en sursaut, criant : « Maman ! » ou : « Ti-Pit ! », vers les quatre heures du matin au plus noir de la nuit d'hiver ou au déjà moins noir de celle d'été, assommé donc par un sommeil plus fatigant que la veille elle-même, il ronfle.

Cela commence à droite, là où les lèvres se touchent avec le plus de facilité. Un surplus de souffle déclenche un doux chant labial. Yvette assiste, impuissante, au prélude. Elle interviendrait bien, mais elle n'ose. Il ne faut pas priver le grand homme de précieuses minutes de sommeil réparateur, lui qui sort à peine de trois ou quatre cauchemars. Il faut bien reconnaître que le ronflement, malgré les apparences, est le signe d'un grand confort intérieur, un confort de nescience et de douce vacuité spirituelle. Grâce à lui, l'appareil respiratoire devient la cheminée par où s'évacuent les toxines de la réflexion.

« Il convient de noter qu'une réflexion alerte, précise l'auteur de l'article, ne produit pas nécessairement une quantité de toxines plus grande que ne le fait une réflexion plus tranquille. Au contraire, le flegme, surtout s'il est naturel et inné, provoque un encrassement de la cogitation qui, par une sorte de cercle vicieux, contribue à son propre accroissement. Quoi qu'il en soit, la quantité de toxines évacuée par le premier minis-tre, s'il faut en juger par son ronflement, est l'une des plus élevées du monde. » – Façon élégante et toute scientifique d'expliquer les barrissements qui, vers les quatre heures du matin, s'échap-paient de la chambre royale. Heureusement, à cette heure, la première dame avait passable-ment refait ses forces. Un peu de sommeil lui suf-fisait. Quatre heures d'absence au réel lui sem-blaient déjà un énorme sacrifice consenti à la nature, et elle s'empressait de saisir à nouveau le fil de la raison d'État. Pendant que son très hono-rable mari ébranlait murs et plafonds, elle re-voyait l'une après l'autre les têtes à claques du caucus ministériel, des députés d'arrière-banc (*back benchers*), de l'opposition officielle puis de l'opposition jetable (biodégradable), et ouvrait au maximum les robinets de son intuition féminine. C'est ainsi qu'elle avait eu l'idée de ce reportage sur les devoirs de sa charge familiale.

Le magazine exhibait un poupon générique, bien enveloppé et laissant paraître deux yeux fer-més, un petit nez cireux et, surtout, une bouche bien droite, vivant démenti aux prétendues lois de la génétique, surtout celle qui fait sauter d'une génération les caractères favorables ou gênants.

Les femmes au foyer eurent donc, les premiè-res, la révélation du prodige rectiligne. Elles s'ex-tasièrent sur l'exceptionnelle normalité de cet en-fant qui faisait beaucoup penser à l'enfant Jésus dans les bras de la Vierge, et leur regard fit la navette entre cette adorable somnolence et la sérénité de la grand-mère en surplomb. Il faut convenir qu'Yvette Christian était une femme charmante, et même belle, n'eût été un brin de sévérité qui gênait le plein épanouissement de l'expression. La voix qui émanait de ce masque avait quelque chose de rauque et d'acide qui s'harmonisait avec la parole du mari.

En confessant à la journaliste ce défaut naturel, le ronflement, que partageaient tant d'hommes dans le monde et même quelques-unes de leurs dignes moitiés, la première dame faisait un audacieux calcul, qui revenait à peu près à ceci.

Toute la carrière politique de son mari avait été, dès l'origine, hypothéquée par ce visage invraisemblable, cette bouche qui semblait vouloir se fendre du Mexique au pôle Nord plutôt que de l'Atlantique au Pacifique (ou l'inverse), reste gênant d'une petite attaque de paralysie qui n'avait rien que d'honorable (mais pas au sens parlementaire, encore que la parole y fût intéressée). De grands hasards nécessaires avaient permis à la population d'oublier cette bien involontaire disgrâce physique et d'élire, deux fois déjà, l'homme malembouché à la tête du pays. Mais le charme politique, l'imbroglio des situations ne jouaient plus et la soupe était chaude, voire en ébullition ! Il fallait donc, par d'habiles suggestions, désamorcer une conjoncture qui risquait d'être fatale.

Ronfler n'est, en soi, ni un bien ni un mal.
Presque tous les papes l'ont fait ou le font (le fait).
Une pratique aussi répandue ne saurait encourir
le blâme. Le mal commence là où le nombre ne
le justifie plus. Par exemple, quand on ronfle
beaucoup plus haut que la moyenne. On est ainsi
ramené à la dimension individuelle, même s'il
s'agit simplement d'une exagération de la pratique collective. Wilfrid Stephen Christian était
un ronfleur prodigieux, et cela n'expliquait-il pas
le stupéfiant baroquisme de son visage ? Ou l'inverse ? D'autre part, comment concevoir l'éclatante régularité du visage de son petit-fils sinon
par une profonde disposition à l'harmonie qui
n'avait tout simplement pas eu la chance de
s'exercer en lui ou qui, plus vraisemblablement,
avait été contrecarrée par le mauvais sort ?

Bref, les femmes à la maison, après rumination du reportage, se sentirent peu à peu retour-
nées comme des gants, leurs idées se trouvèrent
changées et, en petit nombre d'abord, puis en
nombre croissant et, finalement, en foule impres-
sionnante, elles se téléphonèrent sous prétexte de
s'enquérir d'une recette ou d'un point de tricot,
en vinrent à parler de leurs enfants, puis du reportage, passant du poupon à la grand-mère puis
au premier ministre, se désolèrent hautement au
sujet du drame du ronflement qui atteignait tant
de couples, même les plus haut placés, et refer-
maient l'appareil sur une vague pensée concernant l'élection imminente où monsieur Christian

risquait de perdre son emploi. Un homme qui ronfle mérite-t-il cela ?

Ce mouvement de l'opinion publique n'était rien, il ne concernait qu'une partie insignifiante de la population. Quand les femmes au travail revinrent harassées, vers les six heures, elles entreprirent leur deuxième temps plein, firent manger mari et enfants, aidèrent les écoliers et écolières à faire leurs devoirs, remontèrent le moral du bourreau familial qu'une dispute avec l'étoile de sa vie parallèle rendait plus soucieux que de coutume, et s'assirent enfin dans leur lit, crevées, avec le magazine sur les genoux. Un peu de lecture ne nuit pas, quand il s'agit d'oublier les tâches épuisantes du bureau et de la maison et de s'identifier momentanément avec ces grands modèles de l'existence moderne que sont les hommes et les femmes qui ont réussi.

Une réussite, Yvette Christian ? Épouser cet agrès-là, comme on dit, ce n'était pas évident. Bien sûr, quelque part, il pouvait donner de l'agrément (on voit l'étymologie du mot *agrès*). Bonne situation, avec nombreuses possibilités de la rentabiliser après coup. Mais pour l'immédiat, quel calvaire ! D'autre part, jouer à son âge à la poupée, contrefaire la femme au foyer, cela manquait de dignité. Pourtant, ce petit, il était bien mignon avec sa bouche toute droite, on l'imaginait dans vingt ans, trente ans, c'est lui qui ferait un grand premier ministre, beau monsieur, un homme avisé comme son grand-papa, capable de faire paître tout son troupeau français pour amadouer tout son troupeau anglais. Pas un ronfleur! Pauvre monsieur Christian, il a les voies nasales encombrées, les toxines lui bloquent le québécois, comment peut-il suffire à la tâche? Heureusement, il y a Yvette à ses côtés, capable de lui remonter le mécanisme en privé puis de le lâcher lousse en public, pétant le feu de toutes ses bouches.

À tout prendre, quel beau couple et quelle progéniture! Un gendre riche à éclater, le plus gros industriel du pays, exemple même de la réussite francophone *from coast to coast*, et ce petit prince au sec dans sa Pamper, est-il *cute* (joli, mignon), avec son absence de sourire qui lui fait comme un trait d'union!

— Qu'est-ce que tu lis là? demande en bâillant le bourreau domestique.

— Un reportage sur la première dame.

— La première dame? Qu'est-ce que c'est?

— Bien oui: la première dame du Canada.

— Ah! le Canada.

— Bien oui. Ton pays, mon gros loup.

— Mon pays, mon c... (le mot est trop laid pour être retranscrit intégralement)!

— Comment ça, ton c... (*idem*)?

— Mon c...! C'est tout.

— En tout cas, le petit-fils, c'est quelque chose. Il doit ressembler à son père, ou peut-être à sa grand-mère.

— Il a sûrement la gueule du petit-fils d'un homme qui va perdre ses élections.

– Ben oui, il paraît que tout le monde veut voter contre lui. Pauvre monsieur Christian !

– Comment ça, pauvre monsieur Christian ? Es-tu en train de dire que tu vas voter pour cet agrès-là ?

– Un agrès ?

– Oui, un sans-allure, la gueule croche, puis qui chie sur les Canadiens français.

– Hubert, ne sois pas vulgaire. Tu sais que je n'aime pas quand tu sacres.

– Est-ce que j'ai sacré, moi ? J'ai dit : chier. Chier, ce n'est pas sacrer.

– Bon, te voilà fâché maintenant. On ne peut jamais parler tranquillement ensemble, tout de suite tu sors tes gros mots.

– Suffit, la morale ! Si tu veux, je vais te sortir autre chose de bien plus gros encore.

– Hubert, je lis.

– Voilà. Ce n'est jamais le temps de rigoler un peu.

– Rigoler ! Veux-tu bien me dire ce qu'il y a de drôle dans… ? Laisse-moi lire en paix.

Elle se replonge dans son reportage. Soudain, elle éclate de rire. Hubert demande :

– Qu'est-ce qu'il y a de drôle dans… ?

– Je relis le passage où elle dit que son mari ronfle.

– Qui ? Christian ?

– Bien oui. Il ronfle à ébranler le 24, rue Sussex. Il paraît que le sismographe de l'Observatoire national, à plusieurs centaines de mètres, est pris de convulsions. Sans compter les deux cent sept gardes du corps, qui se meurent d'insomnie. C'est pire que toi, ça, mon Bert !

— Il faut croire que les responsabilités d'un chef d'État pèsent lourd sur son œsophage ! Ronfle-t-il seulement d'un côté ?

— J'espère, pour elle, qu'elle couche de l'autre !

Égayés par cet échange, les braves époux se regardent avec bienveillance, puis avec une tendresse que dix ans de mariage n'ont pas complètement tarie, puis avec un rien de conjugal dans le regard. Ils se mettent peu à peu en appétit, refont leurs devoirs de parents, s'éclaboussent de joyeux infini et retombent sur le matelas comme des baleines s'échouent sur la grève. La lampe éteinte, au moment de sombrer dans le sommeil, Hubert murmure :

— Ma Dédèle, tabarnaque, je me sens devenir libéral. Les unions − maritales, nationales, fédérales −, je suis tout pour ça. Je pense que je vais voter pour ce vieux chrisse de Wil !

— Il n'est pas pire qu'un autre.

— Puis il est tellement drôle, avec sa face toute de travers. Une face de Québécois tirée vers Ottawa ! Crois-tu vraiment qu'il ronfle si fort que ça ?

— Je n'en sais rien, mon Bert, mais s'il ronfle seulement le double de toi, ça justifie une alerte météorologique.

— Ta gueule, veinhienne !

— Dors.

Les femmes au travail votèrent donc pour le mari de la première dame du Canada et convainquirent souvent leur conjoint de les imiter dans l'isoloir. C'est ainsi qu'un reportage bien fait, et publié à point nommé, peut rendre invalide en quelques heures le travail acharné d'une armée de sondeurs, tous unanimes dans leurs prévisions aussi scientifiques et mensongères, souvent, que celles de la météo.

III

Une conspiration

– Formidable ! Écœurant !

Ainsi s'exclamait Vezeau, l'organisateur en chef de la campagne de Martin St. Paul. Ils étaient quatre dans la petite pièce enfumée, St. Paul, Forster, Attawick et lui, l'unique Québécois du groupe. (La population du Québec ignorait généralement que St. Paul, à peu près bilingue, était de souche anglophone et estropiait moins l'anglais que le français. Son nom, qu'il écrivait avec ou sans trait d'union, le servait bien auprès des deux communautés linguistiques.)

La conversation qui suivit cette exclamation très politique se fit intégralement dans la langue du Canada. Je la traduis. Vezeau s'exprimait laborieusement, mais avec enthousiasme. Quant à St. Paul, il utilisait le plus possible sa langue maternelle, dans laquelle il se sentait plus à l'aise et évitait généralement les incohérences et les hésitations dont il émaillait son français.

– C'est une grande victoire, pour sûr, dit Attawick. On n'a jamais vu ça, une majorité partout. Comme si le parti, soudain, était devenu plus populaire… que son chef !

Les autres penchèrent la tête, dubitatifs. St. Paul, un sourire aux lèvres, ses yeux clairs embués comme s'il pleurait, déclara :

– Je ne pense pas, John, que le parti soit plus populaire que notre cher Wil. Souviens-toi des sondages. Une semaine avant les élections, tout était perdu. Le parti coulait à pic. À ce moment, il était peut-être plus populaire que son chef car c'est lui, son chef, qui l'entraînait dans la défaite. Mais depuis quelques jours, il faut bien le reconnaître, Wil sauve le parti et il nous sauve tous. Il nous a donné la victoire. C'est lui que les Canadiennes et les Canadiens ont élu de Halifax à Vancouver. Ne soyons pas ingrats.

– Ingrats, non, mais il est permis de penser qu'un autre déroulement aurait mieux servi les intérêts du Canada. Après tout, il n'est pas éternel, ce Wil, et s'il s'accroche au pouvoir, il risque de laisser un parti en pleine déconfiture.

– Le parti va très bien, lança Forster. Cessons de parler comme de foutus diplomates. Le grand perdant du scrutin, mon cher Martin, tu le sais très bien : c'est toi. Jésus-Christ ! Il aurait mieux valu que le parti se retrouve minoritaire, ou même battu à plates coutures et que ce fichu imbécile – je dis bien : IMBÉCILE – qui nous mène soit défait à tout jamais. Maintenant il en a pour quatre ans encore à se moquer de nous autres, et qui sait même s'il ne va pas nous sacrifier froidement si ta maudite gaffe, ta subvention pour ta maudite compagnie, nous mène devant les tribunaux. Merde, il fallait gagner, gagner cette fois-ci ou jamais. Et nous avons perdu, comme des imbéciles. Perdu en gagnant, ce qui est le plus enrageant. Les imbéciles, en fin de compte, c'est nous. Wil est un génie, sacrement !

— Bill, s'il te plaît, cesse de sacrer ! On se croirait à l'Assemblée nationale du Québec !

— Le génie, déclara John, ce n'est pas Wil. C'est elle.

— Celle-là ! dit Forster. Comment, avec des niaiseries comme celles qu'elle a débitées dans ce maudit magazine, peut-elle avoir retourné la situation en faveur de son inepte mari ? Qu'elle ait eu du succès au Québec, passe encore, cela se comprend... Mais le Canada anglais, Jésus-Christ, ce n'est tout de même pas un ramassis de débiles.

— Hé, qui sait ? fit Vezeau, arborant un sourire aigre-doux. Mes cabochons de compatriotes n'élisent tout de même pas à eux seuls l'escogriffe. Il faut croire que son charme porte au delà du canal Rideau.

— Le charme de qui ? intervint St. Paul. Celui de Wil ou celui d'Yvette ?

— Les deux, de fait. Ils forment un beau couple. On dirait que leurs sottises respectives se

neutralisent et composent ensemble un flair, je
dirais même – comme Bill tout à l'heure – un véritable génie politique.

– Voyons! voyons! s'insurgea St. Paul, pourtant peu enclin à discuter. N'allons tout de même
pas les encenser. Vezeau, vraiment, tu tombes
dans la mythologie. Tu expliques un engouement
imprévisible de la population par je ne sais quelle
vertu magique. Un peu plus et tu parleras du cha-
risme de Christian. Christian, leader charisma-
tique, communicateur extraordinaire un coup
parti, ou encore, dieu des foules?

– Tu as raison, convint Vezeau, c'est plus
complexe que ça. Il m'est arrivé de penser que
la grande force de Wilfrid Stephen Christian,
c'est que la population, qui le trouve minable,
guette à chaque instant le moment où il va trébu-
cher, puisque ses déclarations courantes sont
dans le style que vous connaissez; et, bizarre-
ment, jamais, je dis bien: JAMAIS, il ne trébu-
che, jamais il ne profère l'ineptie énorme qui rui-
nerait définitivement sa crédibilité auprès des
électeurs. Pourtant, il en dit des sottises! À
chaque personne qu'il rencontre au cours de ses
bains de foule quotidiens, il demande subtile-
ment: « *Are you a real Christian?*» Et chaque fois,
les Canadiens sont un peu plus convaincus
d'avoir à leur tête une sorte de Christ, la vocation du martyre en moins. *Are you a real Christian!* Eh bien, cette ineptie spontanée, naturelle,
il ne la transporte jamais sur le plan où les décla-

rations comptent, et l'on doit reconnaître que ses positions ne sont nullement celles d'un niaiseux, mais plutôt d'un politicien habile et, je dirais, désintéressé.

— Là-dessus, dit Forster, tu as raison. Ti-Wil semble conduire les affaires publiques comme si c'était pour le bien du pays. Il y a là, pour le moins, un gros manque d'imagination.

— Il a réussi à vaincre le déficit, dit Martin, sans mettre un cent dans ses poches.

— Voyons donc, Martin, c'est toi qui as vaincu le déficit. Lui, il ne connaît rien aux finances. Il a beau avoir fait le tour des ministères…

— Bien sûr, c'est moi qui ai tout fait. Mais c'est lui qui en a le crédit.

— Mais quoi ? Vous pensez sérieusement que Ti-Wil a été réélu pour sa bonne administration du pays ? Eh bien non, Jésus-Christ ! Il a été élu parce qu'il RONFLE ! Il ronfle à gauche, il ronfle à droite, mais il ronfle ! Sainte Vierge ! Il fallait une femme pour trouver ça. Toi, Martin, ronfles-tu ? Sinon, qu'est-ce que tu fais en politique ? Comment veux-tu attendrir l'électrice, attirer la sympathie de l'électeur ? Espèce de pas d'allure ! Dis-moi, dis-moi que tu ronfles.

— Euh…

— Allons !

— À vrai dire, je n'en sais rien.

— Mais ta femme, tes maîtresses, que disent-elles ?

— Ça ne semble pas les avoir frappées…

– Insignifiant ! Martin ! Il faut ronfler, ne vois-
tu pas ? On gagne un pays, à ronfler. Et le meilleur du monde.

– Ciel !

Sur ce, John Attawick, le plus réfléchi des
quatre, de sa voix posée, intelligente, déclara :

– Messieurs, nous nous égarons. La question
n'est pas de savoir par quel sortilège un… un
homme intellectuellement mal pourvu peut être
élu premier ministre du Canada, mais par quelle
stratégie efficace on peut remédier à la situation.

– Hélas ! soupira St. Paul, il n'y a qu'à attendre les prochaines élections.

– C'est ça ! Quatre ans de perdus ! gémit
Forster. Et dans quatre ans, cher Martin, tu auras
quoi ? Soixante-six ans ? Et tu penses que la population va confier son avenir à un homme de
cet âge ? Excuse ma franchise, ma brutale franchise, mon cher, mais je dis que, dans quatre ans,
ce sera trop tard. Songe que les pauvres tra-
vailleurs qui, à cinquante ans, perdent leur emploi sont promis au chômage et au B.S.

– Eh bien, que pouvons-nous y faire ?

Les regards, comme naturellement, se
tournèrent vers Attawick. Si quelqu'un pouvait
trouver une solution, c'était lui, lui seul. Non
pas qu'il fût particulièrement imaginatif ou dé-
nué de scrupules, mais il était doué d'une sorte
d'intuition féminine, qu'il affûtait dans la fré-
quentation des meilleurs saunas de la capitale
et qui faisait de lui, dans la sphère du pouvoir

occulte, le seul concurrent sérieux d'Yvette Christian.

— La solution est simple. Il s'agit d'amener, tout doucement, Wilfrid Stephen Christian à démissionner. Le parti est en selle pour quatre ans, et rien n'oblige le premier ministre désigné à déclencher des élections avant terme, ce qui, si nous agissons rapidement, représente trois ans de règne très confortablement obtenu. Je veux dire : sans scrutin universel.

— Jésus-Christ ! Je te dirai franchement, mon cher John, que je m'attendais à mieux que ça en fait de stratégie. Oui, bien sûr, en théorie tu as parfaitement raison, et c'est évidemment la première solution qui nous est venue à l'esprit à tous les trois. C'est la plus simple, la plus facile à concevoir. Mais il suffit de deux secondes de réflexion pour se rendre compte que ça ne tient pas debout.

— Et pourquoi, je te prie ?

— Ben voyons ! Comment peux-tu espérer une seule seconde que Wil démissionne ? Même si lui-même le voulait, même s'il voulait troquer sa petite mallette, où il transporte ses dossiers-rendus-faciles en lettres de deux pouces auxquels il ne comprend rien, pour un sac de golf ou un jeu de parchési, le pourrait-il ? Quand Yvette est entrée au 24, rue Sussex, elle a eu le coup de foudre pour ces pièces solennelles, pour la vie qu'on y mène, pour le délicieux sentiment de danger qu'évoquent tous ces fiers-à-bras de cent kilos pièce en moyenne qui assurent leur protection. Deux cent sept, est-ce assez pour toi ? Cela fait vingt mille sept cents kilos de viande armée. Et pourtant, n'importe quel abruti, avec un peu de chance, peut s'introduire jusqu'aux très honorables et leur faire : bouh ! Eh bien, elle aime ça, être la maîtresse de cette maison-là, être la reine de ce foyer très policier, être la première dame du Canada. Je la soupçonne même d'avoir, comme son mari, une mission – la même que lui : remettre le Québec à sa place. Pas parce qu'elle n'aime pas le Québec, mais parce que le Québec est né pour un petit pain, ou plus précisément un petit pain azyme, une hostie à consommer sagement tous les matins, amen ! Elle veut éviter au Québec les tentations de la grande vie, celle des peuples qui en mènent large, et pour parvenir à ses fins, parfaitement désintéressées bien sûr, elle s'est sacrifiée et elle a sacrifié son mari. Elle a accepté leur ascension jusqu'au faîte de la vie politique et sociale. Remarque que, sans une bonne dose d'abnégation, jamais ils n'auraient ainsi réussi leur coup. C'est leur désintéressement, oui, qui les a fait triompher de tous les obstacles, parce que personne ne croyait à leur réussite. Eh bien, comment, mon cher John, as-tu pu penser un seul instant que cette brave mystique du Québec canadien, avec sa marionnette analphabète, puisse baisser les bras et laisser la place à des gens qu'elle n'aime pas ?

– Je pense que c'est notre seule chance et que, s'il existe le moindre espoir de réussite, il faut foncer de ce côté.

– Foncer ! Je veux bien foncer, moi, mais sur quoi ?

– Eh bien, ouvre tes petites oreilles – et vous aussi, messieurs. Et voyons si la main du destin ne peut pas être un peu forcée.

Malheureusement, la pile de l'appareil qui transmettait cette intéressante conversation à la Gendarmerie royale fit défaut à cet instant même, sans que la taupe en eût connaissance. De sorte que le sergent Bazinet, affecté au dossier, eut simplement vent de l'existence du complot, mais non des moyens mis en œuvre. Cela ne l'avançait guère. Les complots contre Christian, de la part de ses plus vieux compagnons de route, étaient monnaie courante et se terminaient tous par de vagues rumeurs, dans les journaux, concernant la grogne du caucus. Ils permettaient simplement au premier ministre de renvoyer de temps en temps un infidèle sur le banc des députés ou de le nommer au ministère des Anciens Combattants.

Mais, m'objectera-t-on, la taupe ne peut-elle être contactée plus tard par le bon sergent Bazinet et rapporter de mémoire les propos des conspirateurs ? Sans doute, astucieux lecteur ; mais alors, dites-moi, pourquoi le micro dissimulé dans un slip ? Si le micro, la pile, l'appareil existent, la taupe n'est qu'un support adventice, et ne lui demandez pas de se comporter autrement. Déjà, trahir quelques collègues est un acte de bravoure notable. Là-dessus, je me suis suffisamment expliqué. Bonsoir.

IV

Un ministre et son père

À onze heures et demie du soir, Cellophane peinait encore. Blême, recroquevillé sous la lampe qui éclairait une liasse de feuillets couverts de ratures, le bouillant ministre des Affaires québécoises-fédérales, la bouche ramassée en un tout petit cul, laissait filer un minuscule gémissement.

– Hmmm… comment faire comprendre à cet enragé qu'un Québec séparé est plus vulnérable, économiquement, politiquement, culturellement et même linguistiquement, qu'un Québec non séparé ?

– Linguistiquement aussi ? lui lançait, d'outre-tombe, papa Léo resté son interlocuteur. Souvent Léo Dion, qui admirait tant son fils, jouait auprès de lui le rôle de l'avocat du diable, pour mieux l'aguerrir et pour éprouver le bonheur de provoquer une résistance qui le comblait d'aise. Car le fédéralisme inné de Cellophane remplissait de joie le vieil universitaire au nationalisme chancelant. La cause qu'il s'était toujours refusé à épouser fleurissait en son rejeton avec des mots étincelants et des arguments si puissants qu'ils le laissaient baba. Après avoir longtemps rêvé d'un Québec québécois au sein d'un Canada canadien, le vieux maître à penser libéral se laissait aller à désirer, comme son fils, un Québec canadien dans un Canada américain. Il se surprenait même à enrober cette thèse de formulations en anglais, comme s'il voulait persuader de son bien-fondé un fermier de l'Ouest ou un pêcheur de Terre-Neuve. La mort avait mis fin à ces spéculations séniles, que Cellophane avait inspirées, mais elles faisaient boomerang, surtout après dix heures du soir, car l'esprit du père venait immanquablement rendre visite au fils, dans un petit bruissement de lumière.

— C'est toi, papa ?

— Un peu de logique, mon fils ! Qui donc veux-tu que ce soit ?

— Je t'en prie, ne m'engueule pas. Je suis crevé.

— Tu te couches trop tard.

— Si je m'étais couché plus tôt, j'aurais raté ta visite.

— Trop de logique, maintenant. N'es-tu pas capable d'observer la règle du juste milieu, comme nous l'enseignaient nos maîtres ? *Aurea mediocritas.*

— Mon cul.

— Est-ce ainsi que tu réponds à ton père !

— Pardon, pardon. C'est la fatigue.

— Tout de même! Où prends-tu ces mauvaises manières? Est-ce Ottawa qui te rend si vulgaire?

— S'il te plaît, papa, au lieu de jouer les croquemitaines, aide-moi donc à trouver un argument. J'écris à Lucien Boucher et...

— Une lettre ouverte?

— Bien sûr. C'est ma cent treizième et elle va paraître dans tous les journaux. C'est aussi ma dernière. Dans trois semaines, le livre sera lancé.

— Quel livre?

— Mes lettres, pardi!

— Tu vas vite en besogne! As-tu pris le temps de relire, peser, soupeser...

Cellophane pouffe de rire.

— C'est bien toi, ça, papa. Peser, soupeser, c'est l'affaire des sous-penseurs, toute révérence gardée! Quand on a quelque chose à prouver, comme disait le poète,

Ce que l'on conçoit bien s'énonce clairement
Et les mots pour le dire arrivent aisément.

Tu connais?

— Si je comprends bien, mes livres ne t'impressionnent guère.

— Bien au contraire! Tous ces efforts pour ne jamais te prononcer, cela m'a toujours bouleversé.

— Allons! je me suis souvent prononcé contre...

— Oui, c'est cela: contre. Mais jamais pour. Jamais pour le Canada, même si tu étais contre la

séparation du Québec. Et ceux à qui tu t'en pre-
nais le plus violemment, avec des colères de petit coq bandé, c'étaient tes alliés objectifs : Claude
Ryan, le Parti libéral du Québec. Tu leur faisais
de beaux sermons. Personne ne savait au juste ce
que tu leur reprochais, mais ta colère éblouissait.
Tu arrivais à passer pour le censeur sévère des libéraux, tout en étant leur plus zélé serviteur. Eh
bien, moi, je suis libéral aussi, et je fais des colères, mais personne ne se méprend : je hais, je déteste, j'abomine les ennemis du Canada. Je suis
Canadien jusqu'à la moelle, et s'il faut que le
joual disparaisse de la Terre, ça ne me fera pas un
pli. Quant au français, il est mort et depuis longtemps. Il se survit à peine en France même ! L'anglais, lui, vit dans les millions et bientôt les
milliards d'ordinateurs de la planète.

– Ô mon fils, tu blasphèmes ! Tu es sacrilège !
Parler ainsi du français ! La langue de ta mère et
de tes aïeux ! Comment peux-tu !

– *Les nerfs !* Écoute, je t'ai demandé une
chose. Veux-tu m'aider à boucher – c'est le cas
de le dire – ce bon Lulu une fois pour toutes ? Je
voudrais un argument irréfutable, décisif, qui
fera paraître dérisoires toutes ses prétentions à
fonder une nation distincte. Il me semble qu'il
me faudrait faire état de la multiplicité de fait de
la population québécoise, si bien planifiée depuis
trente ans grâce à la politique d'immigration
massive. La loi 101 a d'ailleurs parachevé le travail en introduisant de force les ethnies dans la

population francophone. Elles ont fait éclater le sentiment identitaire qui s'était forgé autrefois et qui ne peut survivre à l'avènement de la démocratie. Qu'en dis-tu ?

– Ah ! mon petit ! Ce que tu me dis est plein de logique, tranchant comme un scalpel, mais… comment te dire ? Tu penseras sans doute, non sans raison – tu as toujours raison – que je suis d'une autre époque, mais je ne puis oublier ce sentiment de solidarité qui m'unit aux miens, à mon pauvre petit peuple si éprouvé, depuis les origines de la colonie, et qui n'a survécu que par son attachement au bon Dieu, à sa langue et… enfin, tu te souviens de la revanche des berceaux…

– La fornication, oui. L'Histoire est encore éberluée de ce qui s'est passé sur nos lopins.

– Oui, cette vitalité extraordinaire…

– De lapins. Des lapins sur des lopins.

Il eut un de ces rires que sa mère qualifiait de sataniques. Ils étaient rares et effrayants.

– Je t'en prie, mon fils, pas de cet humour ! Les calembours, disait Victor Hugo, sont la fiente de l'esprit qui vole.

– Peu importe, papa, il n'y a que ça pour me faire rire. Il faut bien décompresser de temps en temps.

– Moi, jamais. Jamais je n'ai ri depuis mon entrée à l'université, qui fut comme une entrée en religion.

– À propos de religion, tu connais la dernière pensée de Wil ? Je devrais peut-être dire la

première… Mais celle-là, elle est digne d'attention. Tu n'as pas lu, dans les journaux ?

– À quel sujet ?

– Il commentait les plus récentes statistiques
sur les francophones hors Québec. J'ignore si
l'Esprit l'a visité, mais il a dit une chose très juste.
Il a dit : « Oui, bien sûr, leur nombre diminue.
C'est regrettable. Mais la même chose se produit
dans d'autres domaines. L'Église, par exemple,
était forte autrefois, tout le monde était croyant,
tout le monde pratiquait. Aujourd'hui, les gens
ne vont plus à la messe. Cela fait partie de la réalité. Alors le français, c'est comme le bon Dieu :
il y en a qui n'y croient plus. Il ne faut pas s'en
faire avec ça. » La comparaison est éclairante, ne
trouves-tu pas ?

Le vieux Léo se tut longtemps, puis murmura :

– Le fait est que, si les gens ne sont même
plus capables de croire, ils ne méritent pas de
subsister. Quant à se damner, aussi bien le faire
en anglais !

– Se damner ! Papa ! Je parie que tu crois encore à l'existence de l'enfer.

– Oui, mon fils, je crois à l'enfer que les hommes inventent pour les hommes quand ils cessent
de s'en remettre à la loi de Dieu. Le vingtième
siècle, à cet égard, a été le pire de l'histoire. Et
tout ce que je souhaite, c'est que les descendants
des valeureux colons de la Nouvelle-France
n'aillent pas se faire massacrer par les Canadiens
venus de tous les pays où existe la guerre, en re-

vendiquant un bout de pays à eux. C'est cela qui m'effraie, mon cher fils. Et c'est pour cela que j'appuie ton action contre les souverainistes, qui ne savent pas ce qu'ils peuvent déclencher en brisant le pays en deux.

– Dieu merci, ils le savent. C'est pourquoi l'appui de la population à la souveraineté plafonne, et même régresse. C'est pourquoi aussi mon exécrable adversaire, qui a au moins le bon sens d'être lâche, endigue tant qu'il peut la ferveur de ses troupes. Ces gens-là d'ailleurs sont fervents en paroles, mais ils seraient bien embêtés s'ils venaient à triompher dans une élection ou un référendum. C'est bien là le grand paradoxe, papa : personne n'en veut, de l'indépendance.

– Mais alors…

– Mais alors, on veut oublier qu'on est faible, que le français est menacé, que plus personne ne le parlera dans cinquante ans, ou peut-être moins. C'est le baroud d'honneur, comme disent nos chers cousins de l'hexagone. *Baroud*, quel beau mot français ! Tiens, Lucien, je vais l'appeler Baroud : Lucien Baroud Boucher.

– Amuse-toi.

– Certainement ! Moi, quand l'Histoire est trop malcommode, je me tasse et je laisse passer. Et je ris, cela vaut mieux que de pleurer.

– Eh bien, que vas-tu lui écrire, à ton Lucien ?

– Hum… quelque chose comme ceci – mais je le traduirai en mots inoffensifs : que les Québécois se dépêchent de mourir en français, car il y a, pour le Canada, toute une agonie à vivre du côté des États-Unis. Mais là, l'agonie a de furieux airs de renaissance…

– Salaud ! Mais quel talent !

V

Jeanjean

Jeanjean, le petit-fils de Wilfrid Stephen Christian qui, dès l'âge de deux semaines, avait fait
un tabac dans le cœur des mères canadiennes, allait maintenant sur ses deux mois. Éveillé pour
son âge, il lançait au plafond des regards sérieux,
comme s'il s'interrogeait sur le privilège d'avoir
un toit. Les sans-abri étaient de plus en plus nom-
breux dans les grandes villes canadiennes, et les
démocraties municipales n'osaient pas toujours
les balayer hors de la vue. Jeanjean ne risquait
certes pas de coucher, comme un bohême, à l'au-
berge de la Grande Ourse. Les lambris dorés
(etc.) du somptueux cottage qu'il habitait à Westmount témoignaient de la solidité des revenus
paternels. Président-directeur général de la plus
grande avionnerie du pays, sans compter les usi-
nes de motoneiges et autres pouët-pouët héritées
de son grand-père maternel, Laurent-Laurent
Saint-Laurent avait payé sa maison en argent

comptant et n'éprouvait pas trop de difficultés à acquitter sa facture de taxes annuelle, même la taxe scolaire qui avait décuplé en trois ans.

Comment font – semblait se demander Jean-jean – ceux qui n'ont pas de plafond pour se pro-téger de la pluie ou du regard des avions ?

Mon Dieu – semblait se répondre Jeanjean –, je suis bien trop jeune pour me poser de telles questions. Et pour y répondre !

Après un peu de réflexion, il semblait ajou-ter : surtout pour y répondre.

Il passait une grande partie de la journée à dormir, en attendant l'heure de se coucher. De temps à autre, du liquide s'échappait de lui et il se sentait comme un bateau dont la coque laisse entrer la mer par une voie d'eau, mais bientôt la coque se réparait d'elle-même et il se retrouvait aussi sec que devant. Son inconfort avait été si bref qu'il n'avait même pas eu le temps de se mettre à pleurer. « Décidément, les Pampers sont une bénédiction », chantait sa mère, forte en louanges publicitaires. Mamie Yvette avait an-nexé ce miracle de la puériculture moderne à sa campagne électorale, avec le succès que l'on sait. Inconsciemment, le pays n'avait pas voté seule-ment pour un ronfleur mais pour un homme dont les échappements restaient sans consé-quence, absorbés qu'ils étaient par quelque Pam-per superefficace.

En lisant ce qui précède, on aura compris que Laurette Saint-Laurent voyait de temps en temps son enfant, en milliardaire pas fière, et changeait même sa couche quand l'opération s'annonçait exempte de désagréments. Mais si, du derrière de bébé, émanaient de puissantes odeurs, ce qui pouvait arriver deux ou trois fois par jour, la bonne prenait les choses en mains, quitte à se les savonner vigoureusement après. C'était une dame d'une quarantaine d'années, au visage avenant, aux manières précises et douces, qui avait été élevée tantôt à Hull, tantôt à Ottawa, et qui en avait gardé une grande ambivalence de culture et de sentiments. Son abord cordial avait séduit Laurette Saint-Laurent, mais un observateur plus averti se fût peut-être inquiété d'une petite flamme grise au fond du regard, flamme toujours droite alors que des émotions de bon aloi soufflaient autour. Quoi qu'il en soit, elle s'acquittait de ses fonctions avec brio. Laurette s'était vite déchargée de la tâche d'allaiter, n'ayant que du lait à 1 % à donner et encore, en petite quantité. Les compagnies proposaient du lait maternisé qui non seulement rémunérait le défaut des langes, selon l'expression si heureuse du poète, mais garantissait aussi l'effet en aval : à lait compétent, nourrisson pétant bonne humeur et santé. À deux mois, Jeanjean Christian-Saint-Laurent manifestait un humour bon enfant que certaines personnes de son entourage jugeaient déjà comparable à celui de son grand-père (la blague de ce dernier − « *Are you a real Christian ?* » − brillait au pinacle de l'humour politique mondial et avait réjoui plusieurs fois, entre deux chansons de Céline Dion, le public des émissions de variétés télévisées en France).

C'est Marie-Linda, la bonne, qui faisait goûter au jeune prince les joies du biberon. Le procédé, accessible à toutes les mamans de bonne volonté, était relativement compliqué. Il fallait faire chauffer le lait, assez mais pas trop, et, surtout, désinfecter la tétine en la passant dans de l'eau très chaude (mais comment l'installer ensuite sans y toucher et, par conséquent, sans devoir reprendre l'opération à zéro ?). Marie-Linda s'en tirait en dosant équitablement les précautions microbiologiques et le sens pratique, de sorte que la tétine venait à point à la bouche qui avait su attendre. Jeanjean, avec l'insouciance de son âge, se moquait bien des microbes et des poursuites devant les tribunaux auxquelles les riches compagnies, bienfaitrices de l'humanité, s'exposaient en faisant affaire avec le commun des mortels. Il ingurgitait allègrement sa ration de lait tout en reluquant sa bonne qui, malgré son air avenant, peinait à soutenir son regard.

– Regarde ailleurs ! disait-elle parfois, il est impoli de fixer les grandes personnes.

Mais c'est elle qui détournait les yeux, en émettant un long soupir.

« Ciel ! pensait-elle. En être réduite à cela, moi qui détiens une maîtrise en sciences politiques de l'Université d'Ottawa ! Et encore, je ne puis pas même en faire état, sinon, qui m'engagera ? Laurent-Laurent Saint-Laurent, en tout cas, ne tient certainement pas à retrouver, dans son personnel domestique, une diplômée qui a frayé avec la crème du Parti communiste marxiste-léniniste universitaire, et qui est ensuite passée au trotskysme le temps de baiser avec le plus décevant des étalons révolutionnaires ! Ah ! quelle vie ! Que d'occasions manquées ! Je me demande même si la vraie vie, digne d'être vécue, ce n'est pas ici, dans cet intérieur douillet dont les murs sont isolés ça d'épais contre les problèmes d'argent et tout ce qui en découle ! Ici, l'air qu'on respire est comme du lait, on engraisse seulement à s'en remplir les poumons. Et puis, les gens sont gentils. Quand je militais à temps plein tout en rédigeant mon mémoire de maîtrise, j'étais constamment en butte à la malveillance de ces mâles mal rasés qui me reprochaient de ne pas leur dispenser mes faveurs, qui me traitaient d'anticommuniste et me rabâchaient je ne sais quoi au sujet d'Anna Kroupskaïa et de sa croupe généreuse, de vrais obsédés ! Ici, on me respecte. L'argent sert au moins à cela, il rend poli. Si monsieur Saint-Laurent a envie de varier son menu, il peut le faire en dehors du domicile familial. Avec moi, il a toujours été très correct, monsieur Saint-Laurent. Toi, cesse donc de me regarder ! »

Jeanjean observait, sans la comprendre, la mauvaise humeur de sa nourrice sèche, puis condescendait à tourner les yeux vers autre chose. De

tout ce qui entourait son berceau, les humains of-
fraient le spectacle le plus intéressant. Ils bou-
geaient, battaient des cils, se faisaient aller la
bouche en tous les sens en faisant de drôles de
bruits, qui semblaient destinés à lui manifester de
l'affection, des espèces de baisers à vide qui auraient pu, parfois, être produits par une autre partie du corps, tant ils étaient dépourvus d'intelligence. De la bouche sortaient aussi des sons
articulés, surtout quand les adultes parlaient entre
eux et se transmettaient des paquets d'informa-
tions. Mamie Yvette, toujours pomponnée quand
elle surgissait à ses côtés et, réprimant son impé-
tuosité naturelle, ralentissait et allongeait exagéré-
ment ses mouvements pour voir s'il dormait, laissait entendre de doux mots sucrés qui sonnaient
agréablement aux oreilles du tout petit. «Comme
il a de beaux cheveux! susurrait-elle. Ils sont si
fins, on dirait de la soie. Et comme son visage est
lumineux, viril et pourtant féminin aussi, un petit
homme complet!» rêvait-elle, projetant sa conception du mâle idéal sur son aimable descendant.

Jeanjean aimait beaucoup Papi aussi, qui pen-
chait sur lui un visage étonnant, très différent de
celui des autres humains; sa morphologie présentait de grandes particularités et il émettait des
sons proches du cri. Loin d'effrayer l'enfant, cette
idiosyncrasie le réjouissait, surtout quand Papi
cherchait à embrasser ses menottes et atteignait
plutôt son épaule. «Mon petit mozusse!» gron-
dait tendrement le premier ministre du Canada.

Ni Wilfrid Stephen ni Jeanjean ne se doutaient qu'un événement terrible surviendrait
bientôt et qu'il aurait des répercussions incalcula-
bles sur leurs destinées.

VI

Une rencontre

— Par ici, mademoiselle, fit Steve Vezeau avec son onction habituelle.

Elle pressa contre son cœur son sac à main dont le contact la rassurait – un vieux compagnon des années quatre-vingt, acheté à une époque où le cuir était encore accessible à une jeune fortune marxiste. Elle y serrait ses maigres économies, dédaignant banques et caisses populaires dédiées au dieu dollar et au jésus trente-cennes.

— Chère amie, il faut d'abord que je me présente. Albert Lefebvre, avocat.

— Dois-je vous appeler *maître* ?

— Si vous voulez. Un peu de courtoisie ne messied pas. Tenez, je vous ai appelée *mademoiselle* : cela vous va ?

— Tout ce qui est vieux jeu me convient. J'aime la politesse française.

— Je ne vous demanderai donc pas si vous allez bien.

– Non, de grâce. Et pas de tutoiement !

– On voit que vous n'avez pas milité dans les mouvements marxistes.

Elle se tut. Sous son maquillage impassible, elle se posait la question : que sait-il ? Elle doutait fort, au surplus, de son identité. Un instant, elle pensa lui demander sa carte, mais elle jugea le procédé trop sommaire. Ou bien il aurait sur lui une carte imprimée à ce nom, ou bien il prétexterait avoir épuisé son stock.

Elle le fixa. Il était à peu près de son âge, le visage franc, ouvert, le cheveu abondant. Un assez joli garçon, pour son âge. L'œil était gris et très clair, le nez fin, la bouche agréable. Elle éprouva soudain le goût de l'embrasser. Bien entendu, ce serait pour un autre jeudi.

– Vous vous demandez sans doute pour quelle raison je vous ai proposé ce rendez-vous.

– Et vous vous demandez peut-être pourquoi je l'ai accepté.

– En effet. Mes motifs ont beau être les plus limpides du monde, je n'aurais pas été surpris de votre refus. Ma démarche est, j'en suis bien conscient, inhabituelle.

– Eh bien, expliquez-moi.

– Il n'y a rien de plus que ce que je vous ai dit. Je travaille pour une grosse compagnie que je ne peux vous nommer, mais qui, croyez-moi, est l'une des plus respectables et des mieux cotées en Bourse de sa catégorie. Cette compagnie est en rapport avec la multinationale que dirige, avec tant de brio, monsieur Laurent-Laurent Saint-Laurent, ou plus exactement avec le holding qui lui est associé.

— Je ne connais rien aux institutions financières ni aux intérêts — j'allais dire : à la culture, quel mot bizarre ! — qui les régissent.

— Eh bien, vous ne perdez rien à les ignorer. C'est un monde comme un autre, et les rares soubresauts de vitalité qu'on y observe n'ont rien que de bien banal.

— Pourtant, j'avais cru que s'y appliquait la loi de la jungle.

— La jungle ! Vous savez ce qu'elle est devenue, la jungle, à l'âge des safaris ? Les Champs-Élysées. Ni plus, ni moins. Eh bien, à l'ère de la mondialisation, tous les clichés qui ont eu cours pendant des siècles sur la conduite des affaires sont désormais nuls et non avenus. Le néolibéralisme impose ses règles, qui sont d'une parfaite transparence.

— Bon. Soit. Que me voulez-vous ?

Steve Vezeau, alias maître Lefebvre, se recueille, le menton appuyé sur la pointe de ses deux belles mains jointes comme celles de la Madone. Il regarde un instant devant lui, de ses yeux admirablement vagues, puis commence d'une voix douce.

— Vous êtes gouvernante chez les Saint-Laurent.

— Je suis la bonne, oui. La bonne d'enfants. J'ai la charge du petit Jeanjean.

– Bien…

Il baisse les yeux sur ses pouces, sourit maré-
cageusement.

– Et… – je sais que vous ne me répondrez
pas… – vous aimez cet enfant ?

La stupéfaction arrondit les beaux yeux pers
de la demoiselle.

– Vous dites ?

– Vous avez bien entendu.

– Je… je… ! Vraiment… !

Il sourit largement, croise et décroise ses
doigts, postillonne un peu.

– C'est ce qu'on appelle être interloquée,
non ?

– C'est pour me poser cette question que…

Il se tait. Sous son clair regard devenu grave,
elle se trouble peu à peu et bredouille :

– Mais enfin… !

– Je ne vous demande pas de me confesser
vos sentiments. Je vous demande seulement si
vous aimez cet enfant, quelle que soit la qualité, la
nature, l'intensité de votre affection ou de votre
haine, de votre indifférence peut-être (mais l'indifférence n'a pas de qualité ou d'intensité propre, elle n'a – ou n'est – qu'une nature… bref !).
Dites-moi seulement : oui ou non. Ou : peuh !

– Bah !…

– Ça va. C'est ce que je voulais savoir.

– Mon *bah !* porte sur la question, il n'est pas
ma réponse.

– Rouée, va !

Elle se sentit alors excédée et prête à exploser. Elle s'en voulait d'abord à elle-même d'avoir accepté ce rendez-vous qui lui avait été demandé par téléphone et dont la sollicitation, plutôt maladroite, l'avait indisposée. Ce n'est qu'après de longues hésitations qu'elle avait dit oui, une invincible curiosité ayant pris le pas sur ses réflexes de prudence et son besoin de tranquillité. La curiosité portait peut-être moins sur le *que-me-veut-on ?* que sur le *qui-me-harcèle ?* Les hormones sonores de la voix masculine se pressaient agréablement à son oreille, et voilà bien deux ans, deux ans complets, qu'elle vivait sans complicité amoureuse, sans caresses. Rencontrer un homme, surtout un peu maladroit, l'avait tentée car elle avait l'intuition que, de ce côté, un peu de bonheur se présenterait peut-être. Quelle déception ! D'abord, cet homme était marié, comme le proclamait le gros anneau doré à l'annulaire de sa main gauche. Et il se présentait comme avocat, mais la modestie de sa mise démentait cet état. Restait un je ne sais quoi de sympathique dans les traits, le regard un peu trop clair mais enveloppant, le fin dessin des lèvres qui appelaient le baiser, au-dessus d'un menton à la fossette exagérée, ombré, comme il se doit, par une barbe trop noire. Ces attraits physiques n'empêchaient pas la colère d'envahir Marie-Linda, de soulever sa poitrine un peu forte et de crisper son masque.

– Je comprends de moins en moins ce que vous voulez savoir, ou ce que vous attendez de moi, dit-elle d'une voix aiguë et précipitée, mais sachez que je suis une femme honnête, dévouée à ceux qui lui ont accordé leur confiance, et que je me laisserais marcher sur le corps plutôt que de causer le moindre préjudice à ce nouveau-né dont j'ai la garde !

– Je l'espère bien, mademoiselle ! Voyons ! Pour qui me prenez-vous ? Vous m'avez fort mal compris !

– Eh bien, une fois pour toutes, expliquez-vous et qu'on en finisse !

« Maître Lefebvre » prit alors sa voix la plus insinuante, la plus persuasive, et berça longuement l'intellect de la demoiselle un peu forte, mais jolie, l'entortillant de considérations suaves et de flatteurs appels à sa sensibilité. Il lui parlait dans le blanc des yeux et il y voyait s'allumer des vertiges, des petits feux de brousse que, fort de son expérience auprès des belles, il attribuait à son charme personnel. Un moment, quand il attaqua le vif du sujet, elle parut se ressaisir et se gendarmer, mais il ignora cette réaction et pratiqua la fuite en avant, qui le servait bien à l'occasion. Il s'enfonça dans son sujet au risque de la scandaliser et sentit se ramollir peu à peu la résistance qu'elle lui opposait. Nous voici, pensa-t-il, par-delà le bien et le mal. Quand il parla de gros sous, elle eut encore un sursaut héroïque, mais l'écœurement qui accompagne le consentement fleurit bientôt sur ses commissures. La partie était gagnée. Il l'aurait violée, tant il la trouvait honnête, naturelle et vaincue.

VII

Visiteur de la nuit

Dans la chambre du 24, Sussex, Yvette dort paisiblement en attendant que débutent les barrissements. Wilfrid Stephen, quant à lui, navigue entre les eaux du cauchemar et de la satisfaction biologique. Ce qui le tracasse surtout depuis quelque temps, c'est le sourire uniforme de ses lieutenants, apparemment contents de leur sort, comme s'ils n'aspiraient plus à le déloger et à venir prendre sa place dans la percale brodée où il se prélasse. Un lit n'est qu'un lit, mais on a beau dire, son emplacement civil peut déterminer une importante plus-value. Ainsi, le propriétaire du 18, rue Sussex, tout millionnaire qu'il fût, ne jouissait pas du même bien-être à la fois physique et moral que celui dans lequel était confit le premier ministre du Canada, depuis les orteils jusqu'au cuir chevelu. Avant d'habiter la très honorable maison, l'ancien petit gars de Saint-Lin, qui s'était longtemps couché de bonne heure, avait connu de nombreuses chambres où il s'éveillait en pleine obscurité, ne sachant pas où il était et désireux de raccommoder son existence avec le passé rassurant qu'éclairait, chaque soir, le baiser d'une mère adorée. Depuis son accession au niveau le plus élevé de la pyramide politique, il se couchait plus tard et, quand il s'éveillait, il retrouvait tout de suite les paramètres propres à le situer dans son destin, comme si sa mère éclairait maintenant un présent perpétuel et du ciel lui adressait, ainsi qu'à Yvette, sa bénédiction. Il avait fallu sa victoire inespérée pour réintroduire, pendant quelques nuits, un peu de flou dans ses retrouvailles avec lui-même et le faire douter d'être *the right man at the right place*, selon l'heureuse expression de nos amis les Américains. Mais ces hésitations ne duraient pas. Un visage, qui flottait comme un ballon parmi ses pensées éparses, venait soudain s'interposer et libérer son doux rayonnement. C'était un tout jeune visage, au regard scellé sur une conscience insondable, au petit nez fin, à la bouche droite comme un trait d'union, un visage qui proclamait par sa grâce la revanche d'une hérédité dont l'harmonie n'était pas toujours évidente.

C'est bien à Jeanjean, au charme fou qu'il diffusait à travers les médias qui s'arrachaient ses photos, que Wilfrid Stephen devait sa popularité retrouvée. Dans l'enfant, on découvrait les perfections cachées du grand-père. Ce dernier cependant, loin de se mirer dans sa descendance, éprouvait l'humilité désintéressée du barbon à qui le frais visage de l'enfance fait signe. Il en venait même à douter de ses idées politiques les mieux ancrées, lui qui s'en était toujours remis à d'autres du soin de penser. Les grimaçants partis pris de Ti-Pit, repris et vitriolés par Cellophane Dion, lui semblaient peu compatibles avec la sérénité que distillaient en lui les sourires du nouveau-né. Pour un peu, quelques semaines seulement après son éclatante victoire, il aurait planté là son gros succès et pris sa retraite chez sa fille, se serait fait bonne d'enfants pour vivre le reste de ses jours en gratifiante compagnie… Va, rêve, vieux monarque, matamore de pacotille ! Ce genre de songerie imbécile, il n'en parlait même pas à Yvette, qui l'eût grondé.

Quatre heures. Les ronflements prennent leur coutumière ampleur quand, d'un mouvement sec, la porte s'ouvre.

– Qui va là ? demande Yvette, la voix à moitié étranglée par l'émotion.

Diable, c'est la deuxième fois depuis leur arrivée au 24, Sussex que quelqu'un force ainsi l'accès à leur intimité. Que font donc les deux cent sept gardes du corps ? Et tous les appareils de détection ?

– Pas de panique, Yvette, c'est moi.

– Hein ! Ti-Pit, toi ici ? À cette heure ?

– Oui, Ti-Pit, comme tu dis. Heureusement, j'ai un autre nom pour l'Histoire.

– Mes excuses, Pierre, mais c'est le saisissement. Quel bon vent ?…

– D'une part, je voulais parler à Wil. Il y a bien six mois que nous n'avons comploté ensemble. Soit dit en passant, mes félicitations pour le reportage. C'était tout simplement magnifique, grandiose, stupide ! Il fallait ça pour retourner la plèbe. Tu as un grand flair démagogique, dans le meilleur sens du terme. Même moi, à l'époque, je n'aurais pas fait mieux. Dieu qu'il ronfle ! Tu endures vraiment ça toutes les nuits ? On s'entend à peine… Mais ces ronflements, grâce à toi, ont couvert la voix de l'insatisfaction qui était grande. Où en étais-je ? Ah oui ! je t'exposais les raisons de ma présence ici, maintenant. Donc, j'ai besoin de parler à Wil. Cela m'a pris, entre deux bouffées de sommeil. À mon âge on ne dort guère, on contemple le Grand Vide qui vient. Et puis, fidèle à l'esprit de gaminerie qui m'a toujours animé, j'ai voulu savoir si cette forteresse où j'ai passé quelques années de ma vie était toujours aussi imprenable. Dans mon temps, elle l'était. Depuis, je crois savoir que la culture des préposés à la sécurité a bien changé, n'est-ce pas ? (J'aime le mot *culture*, surtout appliqué aux policiers et aux esprits de même acabit.)

– Depuis l'intrusion qui a tant effrayé mon Wil, on a quadruplé le nombre de gardes, installé les appareils de détection les plus perfectionnés, et voilà que tu entres chez nous sans crier gare. Comment as-tu fait ?

– Simplement comme l'autre avant moi. J'ai escaladé le mur du jardin, poussé la première porte qui s'offrait, et me voilà. On entre chez vous comme dans un moulin. Heureusement, tu es là et tu veilles.

— Vraiment, Pierre, on ne peut se fier à personne. Même quand on habite les sommets.

— Surtout, ma chère. Car on n'a plus affaire qu'à des inférieurs.

— C'est bien vrai. Tout de même, ils devraient nous rendre les mêmes services qu'ils se rendent à eux-mêmes.

— Ils se traitent comme des rois. Mais les rois, ils s'en fichent bien, au fond. Les temps sont durs pour la monarchie. N'importe qui est à même de constater que le roi est nu. Plus besoin, pour cela, d'être un enfant. Et quand, par-dessus le marché, le roi ronfle…

— Ne m'en parle pas. Tiens, si tu veux nous pouvons aller au salon, ce sera plus convenable et nous nous entendrons mieux.

— Ma chère, excuse ma brutalité, mais c'est vraiment à Wil que je veux parler, non à son bon génie.

— Il faudra alors patienter trois quarts d'heure, le temps qu'il se ramone et élimine ses toxines existentielles.

— Toxines existentielles ! Où vas-tu chercher ces expressions-là ?

— Ma foi, il me semble avoir lu ça dans une traduction récente des *Visions* de sainte Hildegarde de Bingen.

— Connais pas.

– Cela ressortit à la spiritualité médicale la plus élevée.

– Hum ! la spiritualité médicale, voilà un paradoxe bien éloigné de la raison claire, la pure raison dont j'ai fait ma seule occupation.

– Tant pis pour toi. Il y a de grands réconforts à glaner chez les saintes détraquées.

– Tu connais mon aversion pour la mystique.

– Hildegarde était non seulement mystique, écrivaine, compositeure, artiste, abbesse, médecin et j'en passe, elle était aussi féministe. Tu ne l'aurais certainement pas appréciée.

– Que non ! Elle cumulait donc tous les défauts ?

Yvette rit. Le rogue esprit de son vieil ami l'enchantait. Même quand Ti-Pit ne se mettait nullement en frais, sa conversation avait un sel dont étaient dépourvus les délicats entretiens de Wilfrid Stephen. Justement, ce dernier s'engageait dans une phase de ronflements si éclatants que les deux causeurs battirent en retraite, et la solution du salon s'imposa. Il fallait toutefois franchir deux postes de garde et neutraliser trois systèmes de sécurité. Yvette était passée maîtresse dans le désamorçage électronique, mais ses rapports avec les gardes étaient plus délicats. Le premier, un gros homme bouffi de sommeil, n'eut pas le temps de se mettre debout et d'exécuter le salut réglementaire. Les yeux ronds, il vit passer la première dame suivie de son chevalier servant qui lui faisait la nique en même temps

que sa fameuse pirouette, celle qu'il avait exécu-
tée dans le dos de la reine Élisabeth II alors qu'il
plantait le dernier clou constitutionnel dans le
cercueil du Québec. Le deuxième garde, affligé
d'une colique perpétuelle, était carrément absent
de son poste.

— Si je faisais du feu ? demanda Pierre.

— L'idée est excellente. N'oublie pas d'ouvrir
le trou d'aération, sinon les avertisseurs d'incendie vont se déchaîner.

— Ils ne réveilleront tout de même pas ton
mari.

— Non, mais ils lui feront concurrence. Un vacarme suffit.

Dans son long peignoir de soie blanche, elle
avait fière allure malgré la soixantaine avancée.
On aurait dit que ni l'âge, ni la fatigue, ni les soucis ne laissaient de marques sur son sobre et beau
visage. Quant à Pierre-Idiott, sa tête était un
céleri-rave tout couturé des cicatrices du temps.
Elles l'eussent rendu hideux si elles n'avaient
composé ensemble un paysage plein de finesse et
d'ironie. Il avait d'ailleurs l'habitude de transfor-
mer en avantages les avanies du destin. C'est
ainsi que, pour riposter *post mortem* à un père bru-
tal qui traitait sans cesse sa mère d'idiote, elle qui
était une aimable anglophone à l'esprit délicat, le
fougueux Pierre avait annexé l'injure devenue
sobriquet à son prénom, et juré un mépris éternel
à cette peuplade grossière dont, par le nom seulement, il était issu. Car il ne voulait, ne pouvait

pas croire que le triste homme d'affaires qui avait assombri son enfance fût pour quelque chose dans l'épisode de sa maculée conception. Quelque client fortuné de passage, peut-être... Quelque Londonien, de préférence, plus cultivé, plus raffiné encore que bien nanti... Un *Sir*... À plus de quatre-vingts ans, Pierre-Idiott cherchait encore à colmater les brèches de son enfance pathétique et refaire, à l'imparfait, un bonheur dont il n'avait jamais joui. De là ses impatiences terribles et ses partis pris.

Il s'était très tôt pris d'amitié, lui si brillant, pour ce jeune Wilfrid Stephen Christian qui lui rappelait ce que son peuple comportait de plus rustre, de plus mal dégrossi, de plus imperméable aux choses de l'esprit. Il avait influencé profondément cette intelligence bourbeuse, dont le mérite principal était d'être tournée vers la politique comme l'héliotrope est tourné vers le soleil, le suivant pas à pas dans sa course comme pour dire oui du levant jusqu'au couchant. Les principes politiques arrogants du maître s'étaient en quelque sorte coulés dans le béton en passant dans la cervelle du disciple, et n'eût été leur conformité totale avec les intérêts du Canada, qui est anglais, jamais ils n'auraient pu servir de base à la moindre carrière politique.

Ti-Pit avait donc de l'affection, et même de l'estime, pour Ti-Wil dont il avait fabriqué la carrière de toutes pièces, lui confiant des ministères de plus en plus prestigieux, lui faisant faire ses classes dans les affaires indiennes, la justice, le développement économique, le secrétariat d'État, l'élevant peu à peu jusqu'au cénacle suprême. Ti-Wil avait la compréhension lente, mais une telle ardeur au travail et un si opaque bon sens – le bon sens de ceux qui, ayant appris que deux et deux font quatre, n'en démordront pas de toute leur vie – qu'il évitait d'instinct les occasions de chuter. Il ne pouvait que s'élever, quelques centimètres à la fois, semblable au pèlerin gravissant à genoux l'escalier qui mène au cœur du frère André.

Pendant que l'ex-premier ministre du Canada et la femme de son protégé discutent joyeusement en attendant la fin des vrombissements, transportons-nous dans un quartier moins glorieux de la fière Ottawa où s'alignent, toutes semblables et décrépites, des maisons de briques rouges qui ne dépareraient pas quelque misérable cité ouvrière. Dans l'une d'elles, une femme grassouillette, encore jeune et belle, repose sous des draps chiffonnés, chauds encore de la présence masculine qui vient de la quitter.

La lumière d'un lampadaire s'infiltrant à travers les rideaux éclaire vaguement la chambre. Les yeux grands ouverts, Marie-Linda (car c'est bien elle!) fixe le plafond, sans le voir toutefois, tant les pensées grouillent et se bousculent autour d'elle. Est-ce l'amour ? Ce bandit qui l'a prise, vaincue, humiliée, transportée, cet agent d'un capitalisme honni, qui lui a fait grimper tous les ciels avec une parfaite économie de moyens (comme si le bougre avait connu depuis toujours ses dispositifs les plus intimes, les plus sensibles, et attendu ce jour pour venir, mauvais ange, les mettre à feu), cet homme qui allait sans doute rentrer tranquillement chez lui et retrouver sa femme et ses enfants en se félicitant de la mission accomplie, ce misérable chaleureux, étourdissant de verve et de savoir-faire quand il s'agissait de faire monter la passion, taire les scrupules, titiller l'émotion, chouchouter les orgasmes, ce faux avocat (car il ne parlait jamais d'argent, sauf pour faire miroiter une belle somme en échange d'un insignifiant service rendu, rien du tout, vite fait vite oublié) qui gravitait sans doute dans la sphère du pouvoir politique ou industriel ou les deux (car les capitalistes sont comme ça, serviteurs de l'État qui repompe l'argent dans leurs poches, flux de dollars, sainte famille), ce dangereux, sympathique, adorable et sinistre individu lui avait, en quelques heures, fait renier ses jeunes années, oublier le désintéressement de son matérialisme plein d'idéal et l'avait livrée à la plus profonde crise de conscience qu'elle ait jamais connue. L'intensité d'une telle crise, expliquent les psychologues, vient justement de ce que la capitulation, alors même qu'on pense la combattre, est acquise. On se rejette en pleurant vers les saintes impressions de l'honnêteté, malheureusement ravivées dans le souvenir, mais une certitude sous-jacente, opaque, discrète, empêche de les traduire en volontés. Après avoir revisité le musée de ses fidélités passées, on se retrouve sur le seuil, démuni, pleinement conscient de ce qu'on n'est plus et la cervelle vide et affolée à l'idée de ce qui s'en vient. C'est alors que la sensation la plus contraire à celle de notre devoir, la sensation de la chair par exemple, ou l'idée de l'argent, commence à pousser en soi sa plante vénéneuse, se nourrissant de tout, de l'air, des images, de bouts de chansons idiotes, s'affirme naturelle et libre. Le devoir est fichu.

À vrai dire, quel devoir ? Marie-Linda ne devait rien à personne. Être loyale pour qui, pour quoi ? Elle l'avait été à son parti jusqu'à la sottise, puis le parti s'était désintégré comme une hutte fragile sous le vent des désillusions. De militante qu'elle était, elle s'était retrouvée chômeuse puis étudiante à nouveau et, finalement, dame de compagnie d'une très vieille femme, pleine de sous et de malice, qu'elle avait accompagnée jusqu'à son cercueil. L'octogénaire était la tante d'Yvette Christian et, sur sa recommandation testamentaire, Marie-Linda avait été engagée par les Saint-Laurent. Le moment venu, ceux-ci l'avaient affectée à la surveillance des premiers pas dans la vie du jeune Jeanjean. La seule reconnaissance qu'éprouvait l'ancienne communiste, qui digérait tant bien que mal la mort de ses socialistes espérances, allait à la vieille femme disparue et encore, elle attribuait sa bonne fortune au tempérament excentrique de sa protectrice. Cette dernière avait percé à jour le fond de révolte de Marie-Linda et avait sans doute pris un malin plaisir à fourrer dans les pattes du gendre de sa nièce, gros chef d'entreprise qu'elle détestait, une domestique formée dans l'esprit du *Capital.*

L'esprit du *Capital,* Marie-Linda en était bien loin maintenant et elle savourait infiniment plus le contentement apporté à sa constitution, depuis longtemps à jeun, par les initiatives expertes de son pseudo-avocat encore plus brillant nu qu'en complet-cravate, que les maigres satisfactions d'une idéologie qui donnait tout au parti et rien à soi. Comment avait-elle pu rester si longtemps sans homme dans sa vie ? La fidélité l'emplissait alors comme la marée haute borde la plage, sans la moindre vague venue du fond de l'infini. Maintenant, elle était étonnée et comblée. Il lui semblait même entendre du fond de sa rue sombre d'Ottawa le ricanement heureux des mouettes qui, en des temps bénis, au cours des seules vacances qu'elle s'était offertes jadis au bord de la mer, berçait sa veille et son sommeil et la portait plus loin que son désir.

« Je m'entends ronfler ! Je m'entends ronfler ! » s'exclame intérieurement Wilfrid Stephen, épouvanté. Il dort encore, mais la réalité vient d'entrer dans son champ de conscience à la façon de cette partie émergée de l'iceberg qui laisse les sept autres huitièmes hanter le fond de l'eau. Du réel, Wilfrid Stephen ne perçoit pour l'instant que le scandale de sa propre présence sonore. Il suffirait qu'il interrompe son vacarme pour que le sommeil submerge tout de nouveau, mais pas moyen, ça ronfle sans lui, tout seul, au-dessus et au-dessous, à côté surtout, une souveraine disposition au ronflement agit en lui et hors de lui comme si elle était son existence même, sa façon à lui d'être au monde et de s'y incruster. Après tout, n'est-il pas normal que le premier ministre du plus beau pays du monde existe un peu plus fort que les autres ?

Tout à coup, sa luette, asséchée par le passage de tant d'air, colle au plancher et entrave une inspiration particulièrement vigoureuse. L'embarras ainsi causé détermine une effusion de décibels si brutale que le réel fait irruption dans la conscience du dormeur et le voilà tout en alerte, livré à la menace terrible et vague de l'obscurité. Où suis-je ? Qui suis-je ? Ah oui ! je suis un petit garçon et je regarde tourbillonner les flots noirs de la rivière Saint-Maurice, loin des *flos* – les autres – qui me poursuivaient, munis de leurs arcs et de leurs flèches garnies de pointes. Non, c'est la veille des grandes épreuves du barreau et ma mémoire s'est vidée d'un coup des quatre cinquièmes des connaissances que j'y avais

fiévreusement entassées, que faire ? Me présenter
quand même à l'examen ou remettre ça à l'année
prochaine avec le risque que la même mésaven-
ture se répète ? Ah ! sainte mère, aidez votre
pauvre Willie, je suis en butte à… Oh ! cette fois,
ça me revient. Ma situation est bien pire encore.
Je suis au sommet de l'histoire, ô ma mère, à la
tête du pays et je dois trouver la formule impossible, résoudre la quadrature du cercle, harmoni-
ser le Saint-Laurent avec les Rocheuses… Des
larmes d'impuissance et de pitié pour le pauvre
petit enfant moqué qu'il est resté sous ses airs fan-
farons mouillent ses joues. A-t-on jamais vu pleurer Frankenstein ? Une âme se débat sous
l'écorce rugueuse, palpite faiblement comme une
flamme dans la nuit. Yvette, où es-tu ? Il tâte à
côté de lui, se rend compte que la place est vide.
Quoi ? La compagne de sa vie l'a-t-elle abandonné ? Les sonores ronflements ont-ils eu raison
de sa tolérance ? Ou peut-être est-elle malade.
Que se passe-t-il ? Elle n'est pas au petit coin
puisque aucune lumière ne filtre sous la porte.
Elle est quelque part sans doute dans la vaste
maison, épiée par quelques dizaines de gardiens… Il lui a pourtant demandé maintes fois de
ne pas le quitter pendant son sommeil, il a besoin
d'elle même quand il est livré à l'inconscience, à
tout moment la menace peut surgir et le rejeter
pantois du côté de l'épouvantable lucidité. Il lui
a même dit qu'elle pouvait faire de la lumière,
quelle que soit l'heure, et assouvir ses fringales de

lecture ou même de télévision, tout, plutôt que de l'abandonner à ses folles angoisses.

Après quelques moments d'indécision, son inquiétude prend le dessus et il décide de se lancer à la recherche de la disparue. Il revêt sa robe de chambre blanche et rouge aux armes du Canada puis, d'un pas décidé, franchit la porte de la chambre. Aussitôt, il se heurte à la mine ahurie du garde bouffi de sommeil.

— Mon ami, ma femme se serait-elle, par hasard, levée cette nuit ?

— Non… oui, monsieur, répond le garde. Elle est sortie il y a une demi-heure environ.

— Ah ! et vous a-t-elle dit où elle allait ?

— Non… Euh… je crois qu'ils sont au salon, monsieur.

— *Ils* ?

— Non… Oui, monsieur. Madame votre épouse était accompagnée de monsieur Pierre… vous savez, Pierre-Idiott…

— Hein ? Pierre-Idiott ici ?

— Il sortait de votre chambre avec elle.

— De ma chambre ! Que faisait-il dans ma chambre, celui-là ?

— Je ne sais pas, monsieur. Il faudrait le leur demander à eux, monsieur.

— Dans ma chambre !

Wilfrid Stephen Christian n'est pas du genre jaloux et il n'a jamais douté de la fidélité d'Yvette, mais il aime que les apparences soient conformes à la dignité de sa fonction. À la porte du salon, il constate à peine l'absence du janissaire et ouvre avec précaution, comme pour prendre quelqu'un en flagrant délit. C'est plutôt lui qui est pris de court par le spectacle qui s'offre à sa vue. Yvette est renversée dans un fauteuil, morte de rire, pendant que Pierre-Idiott, l'index posé verticalement sur le crâne, exécute sa fameuse pirouette dite « Élisabeth II » avec laquelle, une demi-heure plus tôt, il a édifié le garde de faction.

— Mon Dieu, Pierre, lui dit-elle, comment un homme de votre valeur et de votre dignité peut-il se permettre de telles… de telles…

— Singeries ? Allons, dites-le.

— Singeries, oui.

— Eh bien, ma chère, c'est que je n'oublie pas mes origines, moi. Mon père était un riche industriel, certes, mais notre ancêtre commun à lui, à vous et à moi jacassait dans la jungle quelque part, haut perché. Il faisait des singeries et aussi, pour son plus grand malheur et le nôtre, quelques hommeries qui se sont confirmées dans la bizarrerie évolutive que vous savez. Ah ! comme il était noble, notre ancêtre ! Quand je pense à mes compatriotes du Québec, j'ai l'impression d'un grand recul. L'abbé Groulx – heureusement, il n'a pas procréé, celui-là – avait un si petit cerveau qu'il ne pouvait se figurer la planète dans sa totalité. Sa représentation du monde ne dépassait pas la frontière de l'Ontario.

— Quelle horreur ! Vous avez un complexe, Pierre, une fixation ethnique. Vous voyez votre peuple à travers le ressentiment que vous inspirait et vous inspire toujours votre père.

— Et vous, Yvette, vous avez toujours le point de vue qu'il faut sur les choses. Impossible d'imaginer que vous ne soyez pas sage. Ce doit être d'une platitude à mourir. Tenez, voici une dernière singerie pour vous divertir.

Il se penche en avant, met les mains à plat sur le sol et se dresse complètement sur la tête, tout en pivotant doucement.

— Vous conviendrez, dit-il laborieusement, que pour un homme de quatre-vingt-deux ans, un intellectuel par surcroît, j'ai le pied agile et la pensée sur terre.

— Bravo, mon cher Ti-Pit! aboie doucement Wilfrid Stephen, resté à l'écart jusque-là.

— Tiens, c'est vrai, remarque Yvette, on n'entendait plus ronfler.

— Ti-Wil, fait Pierre-Idiott en se relevant, te voilà enfin. Je croyais que tu ne t'éveillerais jamais.

— Et vous deux, que faites-vous ensemble à cette heure?

Yvette regarde le faciès ombrageux de son mari, puis éclate de rire.

— Tiens, c'est vrai (dit-elle une deuxième fois de suite, étonnée de la répétition), cela demande explication. Que faites-vous, Pierre, dans votre ancienne demeure? Dites-le au monsieur.

— Bien… pour tout dire, Wil, il fallait que je te voie. Vers deux heures cette nuit, une pensée m'est venue et j'ai éprouvé le besoin de te la communiquer.

— Cela ne pouvait pas attendre ? Ou se faire par téléphone ?

— Hein ? par téléphone ? Voulais-tu, au petit-déjeuner, retrouver tous nos propos étalés dans la presse nationale ? Quant à attendre, tu me connais… Je ne m'intéresse pas à mes idées, même les plus géniales, pendant plus d'une demi-journée. Après, je les jette à la poubelle des fausses couches de l'histoire.

— Et comment se fait-il que je ne t'aie pas entendu sonner ?

— Quand je rentrais un peu tard et que je ne voulais pas déranger Margie, je passais par le jardin… comme cet intrus qu'Yvette a mis en déroute, il y a quelques années. Rien de plus simple, pour qui a le sens de l'insinuation… domiciliaire.

— Belle affaire ! Moi qui croyais que la sécurité avait été renforcée. Comment se fait-il, avec tous ces fous et ces séparatistes en liberté, que je sois encore vivant ?

— Cela, mon Wil, tu le demanderas dès qu'il fera jour à ton chef de cabinet. Pour l'instant, le temps passe et il me tarde de m'entretenir en privé – toutes mes excuses, Yvette ! – avec toi.

— Je vous laisse, mes choux, dit-elle d'un air serein. Il sera bientôt cinq heures, je vais aller lire un peu.

— Un roman, à cette heure ?

– Non, de la philosophie française au goût du jour. Cela vaut bien quelques tasses de café.

Elle disparaît par la porte, que personne ne garde. Pierre-Idiott a suivi des yeux sa silhouette luisante, galbée par la soie, puis posé son regard sur le mari hirsute, aux traits ravagés.

– Tu n'as pas bonne mine, tu sais.

– À pareille heure, j'ai de bonnes raisons pour ça. Bonne mine !

– Contemple-moi. J'ai le teint d'une rose. Tu devrais faire un peu d'exercice.

– Je n'ai pas de piscine, moi. Tu es parti avec, quand on t'a remplacé. Et puis… il faut bien l'avouer, je nage encore plus mal que je ne parle anglais. J'avale d'écœurants bouillons !

– Tu n'as qu'à fermer la b… ouais ! Je conçois qu'il y ait un problème. Mais il y a d'autres sports. Le ballon-panier, par exemple. Tu te débrouillais pas mal avec les réfugiés kosovars.

– De la frime, tout ça. La chance des débutants. Quand je suis devant une caméra, je suis comme toi : tout me réussit. Nous sommes nés pour le show.

Cet échange frivole, à quatre heures quarante-cinq du matin, les met sur une même longueur d'ondes tout en les raccordant à leur passé. Il fait bon les voir, le vieillard droit, grêlé et tout juteux de roublardise, le cadet mal équarri et mal déterré de son sommeil. Deux générations politiques à la fois identiques par la fidélité au Canada – celui des autres – et complètement différentes

par le style, Wilfrid Stephen Christian incarnant
le petit peuple détestable et détesté que Pierre-
Idiott avait refoulé profondément dans son ma-
gasin d'indigences à tenir au secret. Le Canada
avait approuvé Ti-Pit de nier ses origines, et Ti-
Wil de les afficher en les reniant.

— Eh bien, que veux-tu tant me dire, vieux
malcommode ?

— Le malcommode, c'est toi. Non, pas le malcommode : le matamore !

— Peuh !

— Espèce de paysan du Danube !

— Le Danube ? Où est-ce ?

— Ne fais pas l'ignorant. Tu as appris La Fon-
taine par cœur, comme moi. C'était sous Duplessis, et la grande noirceur avait ses coins de lumière.

— Pierre-Idiott, tu ramollis.

— Pas du tout. La preuve de ce que j'avance,
c'est que, des gens comme toi et moi, nous sommes sortis du bois. Alors que Boucher, avec sa
belle formation, entraîne son troupeau de nationaleux dans des ténèbres plus épaisses que la
poix. Le vrai Duplessis, c'est lui.

— Mets-en ! Quand je veux exagérer, je le
compare même à Hitler.

— C'est exagéré, en effet, mais à la limite…
« en dernière instance », comme disaient feu les
marxistes…

— Ouais. Mais enfin, veux-tu bien me dire ?…

— Mon cher Wil, le moment est venu. Il faut
frapper un grand coup.

– Un grand coup ? Quel grand coup ?

– Il faut en finir avec le passé. Trop long-temps, les séparatistes nous ont empêchés de réaliser le Canada que nous souhaitons.

– Euh… si tu permets, le Canada n'est pas si à plaindre. « Le meilleur pays du monde », selon la crème des observateurs internationaux – ce n'est pas si mal.

– Voilà, sans doute, de quoi te péter les bre-telles, mais des compliments de cette nature, outre qu'ils sonnent un peu creux, ne sont pas reconductibles indéfiniment. Et puis, pense à ce que serait un Canada uni, homogène à travers sa diversité culturelle et ethnique, où tous parle-raient la langue universelle – l'anglais – et où les gens cultivés, quelle qu'en soit l'origine, parle-raient en plus le français, l'espagnol, l'italien, bref la ou les langues de leur choix. Nous serions enfin une société intelligente, adulte, capable d'affronter les problèmes du vingt et unième siècle.

– Au prix d'un génocide culturel, Ti-Pit. Et puis, si le Canada a la faveur de l'Occident, c'est parce qu'il n'est pas homogène, justement. Trois nations le composent et vivent… sinon en har-monie, du moins en paix les unes avec les autres. La paix, Ti-Pit. Il n'y a que ça.

– Trois nations ! Douze, vingt, cinquante na-tions, tant qu'à y être ! Les Amérindiens en for-ment combien, à eux tout seuls ?

– Une.

– Si tu dis vrai, c'est qu'ils ont complètement rompu avec leur passé. Les autochtones ont toujours été en guerre les uns contre les autres, et c'est le carcan fédéral qui les a contraints à une certaine unification, sinon il n'en resterait peut-être plus un seul aujourd'hui. Unification artificielle, sans doute. La plupart d'entre eux sont plus près des Blancs, dont ils envient le mode de vie, que de leurs prétendus frères de sang.

– Quoi qu'il en soit, je veux la paix ! la paix ! Et pour cela, il faut reconnaître le groupe canadien-français du Québec.

– C'est faux ! Si tu fais cela, c'est la guerre à tout jamais avec les autochtones, sans compter le Canada anglais. Alors que, si tu écrases bien les espoirs francophones du Québec, ce sera la paix pendant tout un millénaire, je te le garantis.

– Et l'Histoire verra en moi le liquidateur de mon peuple.

– Tu ne liquideras rien du tout puisque le peuple revivra, dans une langue bien plus apte à lui faire traverser les siècles. De toute façon, qu'y a-t-il de commun entre le peuple de nos ancêtres et celui d'aujourd'hui ? Entre ceux qui piochaient leur lopin et ceux qui vendent leur génie de l'informatique aux Américains ? Et puis, rien n'empêchera quiconque de parler les langues qu'il désire. L'anglais, bien entendu, aura la préséance *de facto*. Pour le reste : liberté complète. Est-ce antidémocratique, cela ?

– Hum ! je n'aime pas ça, Pierre, je n'aime pas ça.

– Avoue que j'ai raison.

– Je n'aime surtout pas quand tu es sûr d'avoir raison. La réalité a des complexités qu'il faut respecter.

– Hum ! c'est toi, Wil, qui me parles de complexité ?

Rouge de confusion et de colère, Wilfrid Stephen regarde son vieil ami droit dans les yeux.

– Oui, Pierre-Idiott, c'est moi. Tu n'as pas le monopole de la subtilité, et ton rationalisme t'a souvent mené droit à l'impasse, reconnais-le. Deux mois avant les événements d'octobre 1970, tu répétais partout que le séparatisme était mort au Québec. Comme exemple de lucidité, on a vu mieux. Je n'ai pas tes capacités intellectuelles, mais j'ai fait très peu d'erreurs au cours de ma vie politique. Et c'est, bien souvent, parce que j'ai refusé de t'écouter.

– Bon. Si c'est comme ça, il me reste à remballer mes petites idées. Elles iront rejoindre leurs pareilles dans la poubelle des fausses couches de l'histoire.

Les deux hommes se regardent, attristés de l'orientation que prend leur entretien. Wilfrid Stephen cède enfin, avec un long soupir, et murmure :

– Dis-moi toujours comment tu envisages d'arriver là où tu veux en venir. Je suppose que tu ne m'as pas dérangé à cette heure uniquement pour me faire l'apologie de ton Canada uni. Allons, quel plan as-tu derrière la tête ?

– C'est bien simple, mon cher. Tellement simple que tes conseillers ne pouvaient pas même l'imaginer.

– Ton entrée en matière ne me dit rien qui vaille.

– Écoute un peu.

Pierre-Idiott se met alors à exposer sa machiavélique idée d'un projet de loi pour encadrer légalement la mise en œuvre d'un référendum sur l'appartenance du Québec à la Confédération. Il ne s'agit pas d'interdire quoi que ce soit, mais de rendre inopérante dans les faits toute tentative de la province rebelle pour tirer sa révérence, et surtout pour provoquer une renégociation du pacte fédéral. Car l'indépendance pure et simple serait un demi-mal et ne porterait pas profondément atteinte à l'intégrité canadienne ; elle lui enlèverait simplement une occasion de s'enrichir à bon compte sur le dos d'une population productive et mal rémunérée. La reconfiguration du pays en fédération bicéphale (ou confédération, au sens propre) serait autrement plus douloureuse, pour le *Rest of Canada* qui se verrait ainsi dépouillé de ses principales prérogatives et forcé de tenir compte des *désiderata* de l'ennemi héréditaire. Ce serait, en somme, réunir Montcalm et Wolfe dans une même fonction présidentielle et les obliger à s'entendre sur les avantages qu'il convient d'accorder aux producteurs de porc de l'Est et aux éleveurs de bœuf de l'Ouest. La grasse Ontario n'y retrouverait plus ses petits.

L'aube pâlissait aux fenêtres lorsque Ti-Pit finit d'exposer son plan. Wil, d'abord perplexe et de mauvais poil, s'était laissé pénétrer peu à peu par la clarté du projet audacieux, mais attrayant, que lui soumettait son ami et mentor. Mais il ne voulait rien décider pour l'instant.

— Il faut que j'en parle à Cellophane.

— Ah! je l'oubliais, celui-là. C'est bien vrai, ce qu'on m'a dit? Tu ne peux vraiment plus te passer de lui?

— En tout cas, il ne me fera jamais commettre de faux pas, lui.

— Je vois qu'il t'a dans sa manche. Pauvre Canada! comme disait une bonne sœur de jadis… C'est son père, peut-être, que tu vénères en lui. Quel grand politique il était, le bon vieux! Un aigle! Toujours un mot plus faible que l'autre!

— Tu n'as pas encore digéré ses remontrances?

— En tout cas, je reconnais que le fiston divague moins. Lui, il est fédéraliste comme pas un. Mais il m'inquiète tout de même; je le trouve fanatique. Le Canada n'a que faire des intégristes. Toi, son zèle ne te fatigue pas?

— Si peu… Je trouve rafraîchissant de travailler avec quelqu'un qui croit à ce qu'il fait.

— Et Melissa Fallentrop?

— Oh! elle! (*Rire épais.*) Elle distribue ses vieilles serviettes sanitaires, persuadée elle-même qu'il s'agit de petits drapeaux unifoliés.

— Jusqu'où peut aller le féminisme en politique!

VIII

Les heures sombres

Dix heures du soir. Assis devant sa table où s'empilaient en désordre des dossiers de différentes couleurs, une pour chaque rayon de la détresse politique, Lucien Boucher fermait les yeux. À cette heure, il n'en pouvait plus. Le café devant lui était froid – froid comme sa compassion mise à rude épreuve par toutes les demandes contradictoires qu'il étudiait depuis le matin. Syndicats, patrons, groupes de pression n'en finissaient pas de lui adresser des ultimatums en termes plus ou moins polis, les plus polis n'étant pas les moins redoutables. Les chemises roses formaient le plus gros paquet, celui de la santé. La grande misère des hôpitaux et des C.L.S.C. s'étalait à pleines pages, le ras-le-bol des infirmières et des infirmiers dont les salaires de famine subventionnaient la lutte pour le déficit zéro s'exprimait en mémoires débordant de légitime colère, la pénurie des effectifs et des équipements menaçait de plonger l'éducation et les services de santé dans une situation de délabrement jamais vue dont il faudrait des années pour se tirer. L'un des mémoires qui avaient le plus heurté Lucien le prenait personnellement à partie, lui reprochant d'avoir oublié la sollicitude dont il avait été l'objet lors du grave accident de voiture qui avait failli lui coûter la vie et qui l'avait privé d'un membre. Devant l'odieuse récrimination, le premier ministre s'était brièvement interrogé sur l'existence d'une courtoisie minimale dans le discours des affaires publiques, en ce Québec qui était sa patrie, sa passion, son obsession sacrée. Certains compatriotes décidément dépassaient toutes les bornes en matière de violence verbale, d'injures bêtes et avilissantes. Pourtant, les mêmes personnes auraient été incapables de la moindre brutalité physique. Il suffisait d'une conjoncture conflictuelle, dans le domaine du travail, pour que les frustrations accumulées se traduisent en hystéries de collégiens.

Les yeux fermés, Lucien – Lulu, pour ses admirateurs et ses détracteurs les plus enthousiastes – essayait de faire cette expérience du néant qui réussissait si bien, disait-on, à son homologue fédéral. Pendant dix ou quinze secondes, suspendre tout mouvement de conscience, retrouver la paix amniotique, se retremper dans l'insignifiance originelle, ne lui apporterait-il pas un immense réconfort? Mais juste comme il franchissait le portillon du Rien, une phrase saugrenue se formait en lui et le ramenait à l'existence. Le plus souvent, cette phrase s'énonçait ainsi : « Le CIEL est plein de… » (Le mot *ciel* se détachait avec un accent d'absolu.) Et là, des mots bizarres se présentaient, histoire de meubler l'infini. « Le CIEL est plein de cygnes jaunes », ou « d'ectoplasmes héréditaires » ou « de cellophanes bardées de… de… » De quoi une cellophane pouvait-elle être bardée ? Peu importait l'expression trouvée, si débile fût-elle, elle réussissait à le replonger en plein réel et le sentiment de ses devoirs l'investissait de nouveau totalement. Qu'il était difficile d'être le sauveur potentiel, purement potentiel, d'un peuple divisé qui dansait ivre au bord de l'abîme, incapable d'opter pour le oui ou le non, le Canada ou le français. Et quand bien même il choisirait le français, ne serait-il pas tenu au bilinguisme, par la force des choses ?

Chaque fois que Lucien se posait la question, il enviait ses anciens collègues d'Ottawa (car il avait, plus jeune, tenté de sauver son peuple en combattant dans l'arène fédérale, sous la bannière du Beau Risque) qui n'avaient à défendre qu'une administration, en décourageant les espoirs de vie collective des Québécois, alors que, lui, il devait assurer le triomphe d'une foi. La foi d'un peuple contre les intérêts d'une majorité trois fois plus nombreuse. Or, en ce siècle qui commençait sans avoir le moindrement rompu avec le précédent, la foi était partout décriée. Les intellectuels ne juraient plus que par les libertés

individuelles et la citoyenneté, dernier reste de
la dimension collective. Tout ferment de vie ethnique était condamné s'il prétendait à la préséance sur les autres. Il était même plus beau,
plus noble, plus naturel d'être italien, sikh, chi-
lien ou chinois à Montréal, que descendant de
Louis Hébert; et la loi 101 pour la protection du
français était dénoncée comme une invention
digne de Hitler dans les forums internationaux
et devant les tribunaux canadiens. Être Québécois, somme toute, était une infamie. C'était être
quelque chose comme juif et nazi en même
temps : être méprisable comme le sont les per-
dants, et coupable à l'instar des pires bourreaux.
Parce qu'ils étaient génétiquement inférieurs, inférieurs de toute éternité, les Québécois ne pouvaient concevoir l'universel, se hausser jusqu'à la
contemplation des Rocheuses. Bref, Lucien sentait se dresser autour de la population qu'il cherchait à défendre une épaisse muraille de haine, le
sourd ressentiment des vainqueurs et des nouveaux arrivants contre le peuple à terre et qui ne
s'était jamais relevé de sa défaite historique sur
les plaines d'Abraham, et tant de fureur avait
pour effet de dissoudre les courages et de pousser
les assiégés au suicide culturel.

   Pour les nationalistes, l'heure était donc à la
déprime, ce qui réjouissait fort Alain-Carl
Gagnon et Lysiane Dubuc, éditorialistes à *La
Presse*. Ce brave couple d'anciens extrémistes,
convertis aux idées du propriétaire du grand

quotidien, s'était donné pour tâche de miner, par tous les moyens possibles, la confiance du lecteur dans ses dirigeants provinciaux. Insinuations, dénonciations, commentaires hyperboliques du moindre faux pas commis par un ministre ou un député, interprétations malicieuses des déclarations du premier ministre, publicité tapageuse donnée aux attaques de l'opposition, tout l'arsenal des malveillances était utilisé pour détruire le ridicule espoir d'un Québec indépendant, français et dynamique. À l'heure de la mondialisation, il fallait parler le seul langage des chiffres, du profit, et cesser d'entretenir des billevisées culturelles d'un autre âge. Le Canada, pour qui baragouine le latin des affaires, est un si beau pays ! Le premier du monde, pour la patiente façon avec laquelle il étouffe, assimile ses autochtones et ses francophones, sans effusion de sang, rien que par le jeu des intérêts et le poids des démissions, le glissement lent des courages et des fatigues dans la tourbe multiculturelle dont la résultante, inéluctable, est l'anglais.

Lulu les avait grands ouverts, les yeux, maintenant. L'horreur de la situation collective et de la sienne propre lui apparaissait avec plus de clarté que jamais. Il se voyait honni de l'histoire telle que l'écriraient les plumes de demain, trempées dans la salive noire des Lysiane Dubuc et des Alain-Carl Gagnon. On le traiterait de la même façon que le chanoine Groulx, transformé en sombre parangon de l'holocauste, ou plutôt on ne parlerait plus du tout, nulle part, de cette cocasse aventure francophone en Amérique du Nord. Le Québec deviendrait la province qui fut d'abord la grande attardée, sous la houlette du papisme, puis qui se serait convertie à la modernité et, dès lors, mettant les bouchées doubles, se serait ralliée peu à peu à la langue et à l'essor économique canadiens. Une authentique fédération résulterait de la mise en commun des bonnes volontés ethniques, et le plus beau pays du monde resserrerait ses liens avec le puissant voisin du Sud devenu le grand frère attentif, à l'affection envahissante.

« Et moi, là-dedans, se disait Lulu, je dois jouer le jeu de celui qui ne voit rien, ne sent rien, croit à l'existence de mon peuple comme s'il existait encore après l'orgie des marées ethniques, des empiètements de compétences, de toute cette poussée irrésistible du cancer canadien dans le champ des fidélités nationales. »

Il porta à sa bouche le café froid, s'obligea à avaler la potion amère, puis repoussa la tasse. « Éloignez de moi ce calice », pensa-t-il en souriant, comme on sourit de soi quand on est devenu, par le malheur, aussi lamentable que Dieu.

Quelqu'un frappa à la porte.

– Entrez... Ah ! c'est toi.

Un jeunot. Les politiciens d'un certain âge, même les plus haut placés, se voyaient tous associer maintenant des enfants de chœur pour les besoins de la messe quotidienne. Christian avait son Dion, et Lulu son Cabirand, moins flamboyant. Venu de l'ombre, il avait émergé après la défection du romanesque Lizémoi, auteur de vastes épopées politiques.

Il était là, avec sa face ingrate, son zèle et ses mains tordues.

— Tenez, je vous apporte le dernier texte de Cellophane Dion. Il vient d'arriver par courrier électronique.

— Ah! celui-là, quelle peste! Merci tout de même... Dis donc, puisque tu es là, j'aimerais te parler de cette affaire du député bloquiste, tu sais, celui qui se plaint qu'on a farfouillé dans les dossiers de Revenu Québec qui le concernent. Qu'est-ce que c'est au juste que cette histoire? Es-tu au courant de quelque chose?

— Moi? Non...

— Très embarrassant, ça... Après toutes ces histoires des derniers temps, ces cafouillages un peu partout, on n'avait vraiment pas besoin de celle-là. Heureusement, la fuite touche l'un de nos alliés politiques. Imagine, s'il s'était agi d'un député de l'opposition! Tout de même, cela nous fait beaucoup de tort dans l'opinion publique. Les gens n'aiment pas qu'on touche à la confidentialité des renseignements relatifs à leurs impôts, et ils ont bien raison! Qu'est-ce que tu dis de ça?

— Ce député, si vous me permettez une opinion, n'est pas une homme très recommandable. On ne peut pas beaucoup compter sur lui pour faire avancer la Cause.

— Comment ça, la Cause ! la Cause ! Nous ne sommes pas une secte religieuse, que je sache ! Et puis, je le connais, ce député, et il est excellent. Et honnête !

— Il n'était pas inutile, en tout cas, que nous sachions à quoi nous en tenir sur son compte…

— Sur son compte en banque, tu veux dire ! En tout cas, si je découvre qui a fait le coup, il va savoir ma façon de penser. Pourquoi me regardes-tu comme ça ?

Le petit Cabirand ne savait plus où se mettre. Il émettait de drôles de sons, comme s'il commençait plusieurs phrases à la fois, puis il se tut, les yeux par terre. Littéralement, il donnait l'impression d'entrer dans le plancher.

— Hé ! toi, fit Lulu en le fusillant du regard, tu ne serais pas le phénoménal imbécile qui aurait pris cette initiative désastreuse ? Hein ? Regarde-moi un peu, regarde-moi bien dans les yeux. Est-ce toi, le pauvre type qui nous a plongés dans cette merde jusqu'aux cheveux ?

Le freluquet ne répondait pas. Lulu, découragé, capitula devant ce mélange de dévouement et de bêtise.

— En tout cas, si c'est toi, la commission d'enquête que j'ai fait nommer l'établira et tu récolteras ce que tu mérites. Le Parti national n'est pas au-dessus des lois, et surtout pas de celles qu'il a fait adopter lui-même ! En attendant de connaître ton sort, fais-toi discret. Déguise-toi en courant d'air. Rien qu'à te voir, je doute de la capacité que j'ai de garder mon sang-froid. Déguerpis !

Le fonctionnaire parti, Lulu eut un regain de découragement. « Comme si j'avais besoin de cette tuile, en plus des autres ! Mon chef de cabinet adjoint ! Mes adversaires vont en faire des gorges chaudes. D'autant plus qu'il est facile de laisser soupçonner que nous étions de mèche. Diable, que ça va mal ! Ca va mal depuis deux ans au moins, sans interruption, jour après jour. Pas une bonne nouvelle susceptible de redonner espoir aux troupes. Comme si la cause du Québec était maudite, impossible à défendre, encore plus à faire triompher. J'ai l'impression que, mon gouvernement et moi, nous pataugeons au milieu des sables mouvants et que tout pas que nous faisons pour en sortir nous enlise davantage. Et le fédéral, pendant ce temps, marque des points. Wilfrid Stephen Christian et son ouistiti, Cellophane Dion, si gaffeurs au naturel, comme par miracle évitent tout faux pas, se bâtissent même une crédibilité au Québec, en plus de bénéficier de celle du Canada anglais (qui est aussi une bonne partie du Québec !). C'est à désespérer de tout. Voyons, que m'écrit-il, cet olibrius ? Demain matin, sa lettre sera dans tous les journaux et il faudra que je réponde en affichant la belle assurance et la vertueuse indignation du sauveur de son peuple, moi, moi qui ne sauve rien, qui plutôt me sauverais loin de l'histoire, dans une île déserte où je pourrais me retrouver moi-même et refaire mes rares affections, mes tendres complicités. »

La lettre de Cellophane Dion, qui faisait la synthèse des arguments en faveur du fédéralisme, était un chef-d'œuvre de plaidoyer à la gloire de la démocratie, de la mondialisation et du moderne courant de libéralisme qui poussait les États à oublier leurs intérêts ethnocentristes et à mettre en commun leurs aspirations et leurs ressources pour la création d'un ordre véritablement planétaire. Dans cette perspective, les États devenaient de simples relais assurant la transmission des flux économiques et culturels, ces derniers n'étant plus assujettis au support des langues grâce à une politique de traduction généralisée, d'une part, et grâce surtout à l'accession de l'anglais au statut de langue universelle, d'autre part. Pour la première fois depuis la mythique fragmentation du discours humain en langues séparées, illustrée par la Babel antique, une réunification véritable s'opérait et la Grande Langue, l'anglais, à laquelle les États-Unis avaient conféré une définitive saveur républicaine, s'imposait partout, depuis l'igloo jusqu'à la case équatoriale en passant par ma cabane au Canada, comme le véhicule à la fois pratique et idéal de toute communication. Comment, dès lors, prétendre sacrifier le bien-être d'une population au plaisir rétrograde de parler français ? Et puis, rien n'interdisait les irréductibles de le parler, leur français, aussi bien qu'ils le pouvaient, tout en se ralliant à la modernité canadienne. Après tout, l'État permettait de fumer à la maison, seul, en couple ou même en famille, et parler français représentait un danger moindre pour la santé. En résumé, il fallait parier, comme Pascal : d'un côté, les maigres joies de la fidélité à une tradition pauvre, sans rayonnement, menacée par le délire raciste qui s'était emparé de Menaud et du chanoine Groulx ; de l'autre, l'accès à toutes les richesses et libertés tant matérielles que spirituelles, le consentement au développement indéfini de la connaissance, à l'expérimentation illimitée de la conscience, à la jouissance d'une civilisation sans barbarie, accordée au nouveau millénaire.

— Quel con ! grommela Lulu. Les francophones d'Ontario n'ont même plus un hôpital à eux pour mourir en français et il vante le Canada comme le paradis des libertés !

L'indignation, une indignation digne du sauveur qu'il était, s'emparait de Lulu. Soudain, une forte odeur de fumée le prit aux narines.

— Diable ! Le feu, maintenant !

Il s'apprêtait à sonner l'alarme puis se ravisa. Près de lui se gonflait un épais nuage qui prenait, de temps en temps, une coloration rouge. Lulu finit par distinguer le cylindre blanc d'une cigarette et une face blafarde derrière.

— Qui êtes-vous ? Que faites-vous ?

La face sourit, mais en coin, comme si les francs sourires lui étaient interdits. À la voix qu'elle fit entendre, Lulu l'identifia sans peine. La voix disait, ou plutôt chantait :

— « Mon cher Lucien, c'est à ton tour… »

— Mon cher René, il y a bien longtemps que nous ne nous sommes rencontrés.

— C'était à l'époque du Beau Risque. Dire que j'ai cru à ces sornettes…

— Et moi donc ! Un enfant d'école.

— Maintenant tu… Je peux te tutoyer ?

— Je vous en prie !

— Maintenant tu es là, chef d'un pays qui n'existe pas encore, et tu te bats contre l'énorme absurdité de la tâche. Je connais bien.

Lulu se mit à tousser. Bien qu'elle fût d'outre-tombe, la fumée le prenait à la gorge.

— Désolé, cher Lucien, mais même mort je suis resté esclave de la satanée cigarette. L'enfer seul aurait pu m'en libérer. Je me déplace dans un nuage continuel. Ce doit être comme la seiche avec son encre (tiens, *sèche* et *seiche*, je n'avais jamais fait le rapprochement !). Une façon de se tenir à distance. Un écran de fumée entre le pays et soi — cela aide à ne pas trop se perdre de vue. Les tentations de s'égarer sont si grandes, en politique !

— Surtout quand on a pour mission de sauver.

— Sauver ! Voilà le mot terrible ! On n'est jamais le messie que les gens espèrent. Ou alors, on le devient longtemps après sa mort, grâce à l'illusion qu'ont forgée les disciples des disciples. La fumée des ans, à cet égard, vaut celle de la cigarette. Un jour, je serai peut-être à la hauteur des attentes que j'ai fait naître. On m'attribuera des miracles politiques alors que, vivant, je me suis traîné de déception en déception. J'ai incarné l'impuissance de mon peuple. Quelle misère ! Si je deviens un jour quelque chose dans la mémoire des gens, ce sera une image fabriquée pour compenser la disparition du Québec. On fera de moi un grand Canadien, qui aura lutté pour le Beau Risque. L'histoire n'a cure de la vérité : elle construit des fictions utiles.

— Mon cher René, vous êtes resté dans les mémoires aussi grand que vous étiez (Lulu s'étouffe encore dans la fumée de contrebande) et c'est un grand défi que d'embarquer dans vos chaloupes. Surtout quand on n'a, comme moi, qu'un pied pour deux bottines !

— Cela vaut mieux que deux pieds dans une seule. Belle image du Canada, cela : deux peuples qui s'écrasent dans un seul pays.

— Malheureusement, l'un des pieds est plus gros que l'autre, trois fois plus gros. C'est lui qui écrase l'autre.

— Assez de métaphores ! L'esprit de bottine nous guette.

Sur ce bon mot, ce fut René Lévesque qui s'étouffa. Il sortit de sa quinte avec un peu de rose aux joues, ce qui lui donna provisoirement un air de santé.

— Sais-tu pourquoi je suis ici ? demanda-t-il.

— Non, fit Lucien, mais j'ai un sérieux besoin d'encouragement. J'espère que vous m'aiderez à envisager l'avenir avec plus d'optimisme.

– Ah! ça… Ce que je peux te dire, car je le tiens d'une éminence – les éminences sont, au ciel, l'équivalent des experts ici-bas –, plus exactement un séraphin féru de politique et qui voit loin, c'est que les malheurs de notre peuple ne seraient pas éternels. Viendrait un jour un sauveur, un Napoléon ou, qui sait, une Jeanne d'Arc, qui couronnerait l'effort de gens comme toi et moi, si adulés des uns et vilipendés des autres. L'épouvantable indécision prendrait fin. Les gens cesseraient de se coucher, le soir, souverainistes et de se réveiller, le matin suivant, pleins de lâcheté et incapables d'envisager leur affranchissement. La partie serait gagnée, et nulle intimidation, même américaine, même militaire, ne viendrait plus faire obstacle à l'affirmation collective. Ce sauveur serait même annoncé dans une prophétie inédite de Nostradamus, qui se lit ainsi :

À Sainct Linnus né par issue
Qui de Wil Fred (s'agite encore)
Caillou chretien prin matamore
Ja ne fera bouche cousue.

– Merveilleux! Vous me permettrez cependant de faire remarquer que vous formulez tout cela au conditionnel. Je suppose que, vous-même, vous êtes sceptique.

– Je ne me prononce pas. Je ne fais que te répéter ce que je sais, et qui provient d'une source bien informée.

– Un séraphin…

Plongé dans un abîme de songerie, Lucien ne vit pas le nuage de fumée se ramasser, réintégrer le point d'ignition de la cigarette, celle-ci disparaître entre les doigts bistrés de nicotine et tout le corps, mains, visage, buste, se fondre en une seule absence sans défaut. René était parti sans un salut comme font ceux qui, par discrétion, ne veulent point laisser de regrets derrière eux, mais qui, bien au contraire, attisent le lancinant besoin de les revoir.

On dit que l'histoire se répète. La preuve en est que les grands personnages que nous voyons évoluer sous nos yeux semblent soumis à des rituels identiques. N'a-t-on pas vu Cellophane Dion visité, tel Hamlet, par le spectre de son père, tout comme Lucien Boucher par celui de notre père à tous ? Et que dire de Wilfrid Stephen Christian réveillé aux petites heures par son maître et inspirateur ? Lévesque, Trudeau, Christian, Boucher ne seraient-ils que les protagonistes d'une tragédie insondable et répétitive comme celle qui régit les vies humaines depuis les profondeurs du temps et de la matière ?

Heureusement, hors tragédie et à l'abri des enchaînements pulsionnels morbides où le genre masculin se complaît de toute éternité, une femme occupe avec force et sagesse la chaire du réel. Grand-mère, elle tient dans ses bras l'enfant

gracieux qui la regarde avec l'air infiniment aimable de qui, du monde, ne connaît encore que
les sourires et les caresses.

— Cher Jeanjean, murmure-t-elle, sauve-moi,
sauve-moi de leur Canada !

IX

Un enlèvement

La nouvelle fit l'effet d'une bombe, au pays et dans la presse internationale. Jeanjean, le petit-fils du premier ministre canadien, avait mystérieusement disparu au cours d'une promenade avec sa bonne, Marie-Linda Deschaussez. La domestique semblait partager le sort du nourrisson. On considérait l'hypothèse de l'enlèvement comme la plus probable. Le landau n'avait pas été retrouvé. Réunis dans la vaste demeure de Westmount, les parents et les grands-parents de la jeune victime se perdaient en conjectures. Qu'était-il arrivé à l'objet de si chères affections ? Quels immondes barbares avaient pu s'en prendre ainsi à l'enfant faible et innocent, âgé de dix semaines à peine, et dans quel but ? Le crime était-il l'œuvre de détraqués capables des pires sévices, de voleurs attirés par l'espoir d'une rançon ou d'ennemis politiques prêts à tout pour promouvoir leur cause ?

— Pauvre petit ! se lamentait Yvette. Dire que, il y a trois jours à peine, je le tenais dans mes bras, tout chaud, tout souriant. Les progrès qu'il avait faits en deux semaines, c'est inimaginable ! Un vrai prodige, cet enfant ! Et si beau ! Ah ! si j'avais devant moi ceux qui ont osé s'en prendre à lui, je les écorcherais, je vous assure, je les démolirais de mes mains ! Pauvre ange ! Il souffre peut-être de la faim, à l'heure qu'il est, ou de je ne sais quoi… Je ne veux pas imaginer… Les brutes ! J'espère au moins que Marie-Linda est à ses côtés et qu'elle peut s'en occuper, subvenir à ses besoins…

Et elle sanglotait comme cela ne lui était pas arrivé depuis longtemps. Car les blessures de la vie politique, si graves soient-elles, peuvent être pansées, mais comment parer les coups portés dans sa chair et dans son sang, dans cette faculté merveilleuse de se transmettre à l'avenir par le truchement d'un autre qui est en même temps soi-même ? Du reste, un descendant n'est jamais une réplique de soi mais un autre absolu, en lui-même complet, et comme la preuve vivante de la possibilité de s'oublier en autrui. Ces petites mains, ces yeux masqués de mystère, ces sourires teintés de ciel appartiennent à une autre vie que la sienne propre, toute sillonnée des écorchures et des rides de l'expérience. Un descendant est comme la revanche de l'espoir sur le réel toujours pris dans la spirale des destructions.

Encore plus atteinte était la maman, Laurette Saint-Laurent, qui ne pouvait concevoir une telle infamie et qui était aussi révoltée qu'on peut l'être. L'enfant qu'elle avait porté dans son propre corps, qu'elle avait formé de son sang, de ses attentes, de toutes ses puissances de beauté, puis douloureusement donné à l'existence, lui était soudain retiré, peut-être à jamais, comme si son propre cœur était dérobé et porté dans un lieu inaccessible. Elle croyait qu'il vivait, puis tout s'effondrait et elle le voyait mort et se voyait morte elle-même, délivrée de ce monde qui lui avait pris son bonheur.

Wilfrid Stephen Christian était assis en retrait. Il était d'une immobilité de marbre et fixait devant lui un point invisible. Qu'est-ce qui mijotait dans cette cervelle, celle d'un des puissants de ce monde malgré l'érosion généralisée des pouvoirs ? Qu'est-ce que l'impossibilité d'agir fomentait de colère et de culpabilité au sein de l'affection blessée ?

Laurent-Laurent Saint-Laurent, qui venait de s'entretenir avec la police au téléphone, entra dans la pièce et sa mine sombre n'annonçait rien d'encourageant.

— Pas de nouvelles ? demanda Laurette.

— J'ai parlé au sergent Quintal. L'enlèvement n'a pas été revendiqué.

— Mais enfin, un enfant dans un landau, avec sa bonne, ça ne disparaît pas comme ça. Il y a sûrement eu des témoins. Il faut lancer un appel au public, publier des photos, je ne sais pas… Il faut faire quelque chose, MERDE !

— Laurette, je t'en prie, fit Laurent-Laurent, ne te mets pas dans cet état. Tout ce qui pouvait être fait, jusqu'ici, l'a été. Gardons plutôt notre calme, c'est le seul moyen de voir la fin de ce cauchemar.

Elle lui jette un regard chargé de colère, puis fait retraite peu à peu en elle-même et fond en larmes.

— Excuse-moi, Laurent, mais c'est si atroce… Tout est atroce…

Yvette se rapproche, la serre contre elle puis caresse doucement son front.

— Ma chère enfant, il faut garder confiance. Quelque chose me dit que tout cela finira bien, et plus vite que tu ne crois. Sinon, ce serait trop injuste. Notre petit Jeanjean ne peut pas, ne peut pas…

Laurent-Laurent se rapproche à son tour, prend sa femme dans ses bras, lui sourit tristement et dit :

— Il faut être forte. C'est le seul moyen.

À ce moment, le téléphone sonne et Laurent-Laurent se précipite. On l'entend vaguement prononcer quelques mots, puis il revient au salon.

— Monsieur Christian, c'est pour vous.

— Hein ? Pour moi ?

Pendant que son beau-père se rend à l'appareil, Laurent-Laurent glisse, à l'intention des deux femmes :

– Lucien Boucher.

– Que veut-il ?

– Manifester sa sympathie, je suppose. Boucher est un adversaire politique, mais, dans les coups durs comme celui-là, les adversaires les plus acharnés sont parfois contents de se retrouver amis. Je parle… des personnes de cœur.

Laurette se reprit à pleurer, doucement cette fois. Yvette soupira longuement.

Une semaine s'écoula sans que se dessine la moindre piste pouvant mener à l'élucidation du crime. Où était l'enfant ? Était-il encore en vie ? Avait-il sa bonne à ses côtés ? Qui l'avait enlevé et pour quelles raisons ? Qu'attendaient les ravisseurs pour se manifester ? L'attentat était-il de nature politique ou simplement criminelle ? À qui s'en prenait-on à travers lui : au riche dirigeant d'entreprise, son père, ou au très honorable premier ministre ? Et si l'attentat était gratuit, s'il était l'œuvre d'un détraqué ? Certaines personnes étaient-elles susceptibles de fournir des renseignements utiles ? L'offre d'une récompense pouvait-elle faciliter le dénouement de l'affaire ? Et la bonne, était-elle de mèche avec les ravisseurs ou était-elle leur victime, comme Jeanjean ? Ne disait-on pas qu'elle avait milité autrefois dans des partis communistes marginaux ? Quelles étaient ses relations avec la famille Saint-

Laurent ? Avait-elle des motifs d'insatisfaction ?
Toutes ces questions étaient soulevées, discutées
avec passion dans les journaux. Des hypothèses
de toutes sortes étaient avancées – plusieurs fri-
saient le délire. Des témoignages émouvants de
gens de la rue, de mères de famille surtout, voisi-
naient les marques de sympathie des hommes et
femmes publics, voire des grands de ce monde.
Le président Dick Lincoln avait fait parvenir un
message de réconfort à son ami et partenaire de
golf canadien, Wilfrid Stephen Christian, et sa
sainteté le pape, dans une chevrotante homélie,
avait abordé le thème de la violence dirigée
contre les enfants même dans les pays réputés les
plus civilisés. Plus le temps passait, plus l'événement s'enrichissait d'harmoniques médiatiques,
et les proches se sentaient dépossédés de leur
Jeanjean, volé une première fois par on ne savait
qui et, pour finir, par tout le monde.

L'attitude de Wilfrid Stephen Christian avait
frappé le grand public, qui ne savait comment
l'interpréter. Était-ce de la froideur, de l'insensi-
bilité ? Il ne laissait rien voir au-dehors, sinon
une sorte d'impassibilité un peu hagarde et,
quand on l'interrogeait, un air absent. Il aurait
fallu percer cette carapace pour comprendre
l'immense bouleversement auquel il était en
proie. Subitement, du jour au lendemain, tout ce
qui avait constitué l'intérêt et le but de sa vie
s'était écroulé. Politicien par instinct de revanche, depuis les jours lointains où son allure ba-

lourde lui attirait les quolibets de ses petits camarades, il se sentait soudain indifférent à sa réussite si péniblement acquise, échelon après échelon, et mis en face d'un grand trou. Un gouffre si grand qu'il n'en voyait pas le fond, mais il lui semblait qu'au fond, s'il avait le courage de s'y jeter, le petit Jeanjean lui serait rendu, avec sa vie et sa mort ensemble.

Ce soir-là, plus abattu encore que d'habitude et se sentant coupable, par surcroît, Yvette lui ayant manifesté une mauvaise humeur qu'il ne savait au juste à quoi attribuer, il se dirigea lentement vers son lit, du pas incertain d'un vieillard. Il allait commencer à se dévêtir lorsque son attention fut attirée par une lettre posée en évidence sur sa table de chevet.

– Qu'est-ce que… ?

Sans se demander comment elle avait pu arriver là, il la décacheta en vitesse et lut ces quelques mots découpés un à un dans un magazine puis collés soigneusement sur une feuille de papier blanc :

Monsieur Christian
ne vous en faites pas pour Le petit il est en sé-
curité Sa santé est excellente et sa bonne est Au-
près de lui conformément À l'exécution de notre
plan A ci-joint photo
Cependant si Dans une semaine vous n'avez
pas donné votre démission comme premier mi-
nistre et comme député nous devrons mettre à

exécution Le plan B c'est-à-dire faire subir Au
petit une opération à la bouche qui le rendra à
jamais semblable à Qui vous savez.
À bon entendeur salut
PS nous Vous conseillons fortement de laisser la
police et la gendarmerie en dehors de cette affaire

Wilfrid Stephen Christian relut plusieurs fois
le billet, traversé par les sentiments les plus divers. La photo montrait le cher Jeanjean tout souriant dans les bras de Marie-Linda qui, les yeux
creux, semblait faire des efforts pour cacher sa fatigue et sa détresse.

Quand Yvette regagna la chambre, elle sur-
prit son mari absorbé dans la contemplation des
documents.

– Qu'est-ce que tu lis là ?

– Tiens, regarde.

Elle prit connaissance du mot, examina l'ins-
tantané. Toute pâle, elle demanda :

– Mais comment cela t'est-il parvenu ?

– C'était là, sur la table.

– Comment est-ce possible ? La maison est
mieux gardée que jamais. Le personnel a été plus
que doublé, ils sont quatre cent cinquante-trois,
armés jusqu'aux dents, qui exercent une surveillance continuelle !

– Les ravisseurs ont sûrement des complices
à l'intérieur.

Ils se regardaient, atterrés, quand Pierre-
Idiott referma la porte derrière lui et leur lança :

– Eh bien ! cette situation épouvantable, comment évolue-t-elle ? Personne ne me tient au courant des développements.

– Pierre ! Mais comment es-tu donc entré ?

– Certainement pas par la grande porte, qui est encombrée par un tas de factionnaires. J'ai pris le même chemin que l'autre jour, c'est plus simple. Qu'est-ce que vous lisez là ?

Yvette lui tend la lettre. Pendant qu'il la parcourt, ses yeux s'ouvrent tout grands et la stupéfaction se répand sur son visage.

– Qu'en penses-tu ? demande Wilfrid Stephen.

– Hum ! je pense que je sais d'où vient ce coup… Mais ce n'est qu'une hypothèse. Il faut que je la vérifie. Diable ! quelle histoire ! À propos, comment le message vous est-il parvenu ?

– Je l'ai trouvé sur ma table quand je suis entré ici, il y a un quart d'heure à peine. Ce doit être l'un des gardes…

– Ou un jeune escaladeur de murs comme moi. Décidément, on entre chez vous comme dans un moulin !

X

La démission

Le ** du ixième mois de l'an 2000, Alain-Carl Gagnon signait dans *La Presse* un retentissant éditorial. En voici les principaux extraits :

> *Cédera-t-il au chantage ?*
> *On connaît maintenant la stratégie des ravisseurs. S'emparer d'un enfant sans défense, un petit être rayonnant de candeur et de bonheur et qui, âgé de dix semaines seulement, a déjà, par sa grâce ingénue, gagné le cœur des Canadiennes et des Canadiens ; s'emparer de cet être si cher, adoré de ses parents, de ses célèbres grands-parents qui sont la cause involontaire de ses souffrances, adoré de toutes les mamans et de tous les papas de notre grand pays, s'en emparer donc, ce qui constitue déjà le plus abominable des crimes, et exiger, en retour de sa libération, la démission du chef du pays. Voilà le projet né dans quelques cervelles diaboliques et*

exécuté avec une froide précision, au mépris de toutes les lois humaines et divines! On y reconnaît sans peine la sinistre mentalité de ceux qui envisagent, sans sourciller, de casser un pays en deux et qui, pour l'instant, se contentent de briser le cœur d'une mère et d'un père! Et de mettre à la torture un premier ministre déjà accablé par le poids de ses lourdes responsabilités, sans parler de l'âge, qui vient à bout des plus robustes personnalités. Dans ces conditions, que doit faire monsieur Christian? Céder? Écouter son cœur d'aïeul?

Non! Cent fois non! L'avenir du pays est en jeu. Il s'agit de savoir qui règne ici (ou qui « ronne », comme le dit familièrement notre grand politique), et de décider si la démocratie baissera ou non les bras devant la première intimidation venue. Si, par le plus grand des malheurs, cette jeune frimousse doit nous revenir défigurée (car telle est, comme on le sait, la consternante menace qui pèse sur le pauvre enfant), du moins l'honneur sera sauf, et la démocratie respectée. [...]

Suivait une référence à la Rome antique et à divers exemples de courage devant l'adversité, tous fatals aux otages. À cela s'ajoutait un long commentaire de Lysiane Dubuc. Elle y comparait la félicité de certains chefs politiques épargnés par les malheurs personnels (en fait, elle n'en visait qu'un, non pas nommément, mais il était bien connu des lecteurs québécois…) avec le martyre, voire le calvaire de certains autres dont le triste sort rappelait celui des premiers chrétiens jetés en pâture aux lions. Et elle concluait finement : « Qu'à cela ne tienne ! Il vaut mieux, dit-on, être chrétien ou… Christian, comme disent nos amis anglais, que boucher ! »

Le lendemain, un sondage réalisé auprès de 1 004 Canadiens de toute langue, de tout sexe et de tout poil, accordait une très mince majorité à la solution dure (Christian reste en place), 49,6 % – surtout des femmes – se déclarant au contraire favorables au retour du bébé sain et sauf. La marge d'erreur était de 3,34 %, 18,7 fois sur 20 1416. Québécois et Ontariens s'étaient prononcés de façon presque identique, ce qui fournit à Lysiane Dubuc le sujet d'un éditorial affirmant l'unicité de l'âme canadienne.

La pression sur Wilfrid Stephen augmentait d'heure en heure. Depuis l'enlèvement, dix jours plus tôt, le pauvre homme n'avait pas fermé l'œil de la nuit et un étrange silence, à quatre heures du matin, tenait en éveil les quatre cent cinquante-trois gardes du 24, Sussex. Wil était épuisé. Quand on lui posait une question en Chambre, ou en privé, il soulevait une paupière en forme de plein cintre et émettait quelques sons sans prétention où son interlocuteur puisait les éléments qui lui convenaient. Le tonus intellectuel du politicien était à son plus bas. Lorsque Dick Lincoln l'appela pour le consulter sur son projet de relance de la guerre du Golfe, Christian avait perdu toute notion de la langue anglaise et dut se contenter de beugler « *Yeah!* » à toutes les questions, provoquant tantôt l'ire, tantôt le fou rire de son interlocuteur. « *What a pity!* » soupira ce dernier, avant de raccrocher.

Le ** du mois de ****, à la une de tous les journaux, on pouvait lire :

WILFRID STEPHEN CHRISTIAN DÉMISSIONNE

« Une heure sombre pour la démocratie », écrivait Alain-Carl Gagnon en éditorial. « Une perte pour le Canada », soulignait un autre. « La compassion s'efface devant la brutalité », « La terreur au pouvoir », « Départ du meilleur premier ministre depuis le début de la confédération », « Salut, monsieur Christian ! » , « Le vieux César choisit le bien-être de l'enfant ! » lisait-on à droite comme à gauche. Une déploration unanime, autant de la part des fédéralistes que de leurs adversaires, saluait la décision de l'infortuné politicien qui n'avait plus qu'une idée en tête, revoir son petit-fils indemne et fuir à jamais l'arène où les affaires publiques se débattent.

– Votre décision est digne du grand combattant que vous êtes ! Votre courage sera un exemple pour nous ! disait à son ancien chef Martin St. Paul, d'une voix légèrement éraillée comme si les larmes de ses yeux trop clairs lui tombaient dans la gorge.

– Toi, St. Paul, tu as bien de la chance d'avoir été nommé vice-premier ministre à une époque où je ne voyais personne d'autre pour occuper le poste. Te voilà maintenant premier ministre sans avoir été élu, tant mieux pour toi. Profites-en bien, jusqu'aux prochaines élections. Je ne suis pas sûr que tu restes au pouvoir après le scrutin.

– C'est ce que nous verrons. Je suis plus optimiste que vous.

– En tout cas, fais le nécessaire pour que mon petit Jeanjean me revienne vite, et en bonne santé, sinon je ne donne pas cher de ta carrière politique.

– Je ne vois vraiment pas ce que vous voulez dire... Insinueriez-vous que...

– Je n'insinue rien du tout, espèce d'ordure, je te demande de faire vite. J'ai hâte de ne plus voir vos maudites faces de carême, la tienne et toutes les autres.

– Quelle horreur! Me rendre responsable, moi, de... Sans l'ombre d'une preuve!

Seconde partie

I

Bucolique

Nous irons au hameau. Loin, bien loin de la ville,
Ignorés et contents, un silence tranquille
Ne montrera qu'au ciel notre asile écarté.

ANDRÉ CHÉNIER

Tout va. Tout va bien. Dehors il y a le soleil qui bout, qui meugle, qui remplit le présent de sa langueur ardente. Le ciel est d'un bleu décidé, sans accroc. Pas un nuage. Même la sueur de la campagne n'arrive pas à pâlir le vaste univers éclatant.

Dans la modeste maison héritée de sa famille, Wilfrid Stephen Christian coule des jours paisibles. Depuis qu'il a abandonné les rênes du pouvoir, il y a deux ans, il a retrouvé la sérénité. Ou plutôt, il a découvert une paix de l'âme et de l'esprit qu'il n'avait jamais connue. Enfant, il avait été tenaillé par le besoin de triompher des vexations que lui attiraient son physique et ses manières ingrates. Puis il avait dû ferrailler ferme, chaque jour de sa vie d'adulte, pour conquérir un à un les paliers de la réussite professionnelle, financière et sociale. Chaque poste nouveau le mettant en vue le rendait à la fois plus vulnérable et plus combatif. Il fallait à tout moment prouver

qu'il était de taille à assumer les responsabilités
qu'on lui confiait. Un jour, il s'était retrouvé seul,
sur la pointe de la pyramide, face au ciel, et
il s'était écrié intérieurement : « Maman ! j'ai
peur ! » Et sa mère, de là-haut, lui avait dit : « Ben
voyons ! Tu as voulu monter là, restes-y. Ce n'est
pas une place plus mauvaise qu'une autre ! »
Yvette, toujours à ses côtés, l'avait bien secondé.
Elle voyait plus clair que lui dans les affaires de
l'État. Elle ne se laissait pas arrêter par de fausses
considérations, et surtout pas par les préjugés
canadiens-français qui entravaient encore la réflexion du « petit gars de Saint-Lin », quand il suivait sa pente naturelle. « Pense canadien, lui
répétait-elle constamment, sinon nous sommes
fichus. – Mais, Vévette, jamais je ne parlerai anglais comme il faut ! – Dis-toi bien qu'il est plus
facile, pour un Québécois, de bien parler anglais
que de parler un bon français. Et quand le bon
mot ne te vient pas, dis le mauvais, c'est mieux
que de ne rien dire du tout. D'ailleurs, à dire
n'importe quoi, on fait parfois des découvertes. »
Wil s'était conformé pendant des années à ces
préceptes exigeants. Maintenant, le grand effort
de gouverner les hommes était chose du passé.
Les journaux et la télévision, auxquels il n'avait
pas renoncé, lui apportaient seuls des échos du
pays et de la planète, et il préférait souvent les
mots croisés aux éditoriaux du couple Gagnon-
Dubuc, ou les reprises de *La petite vie* aux ressas-
sements du *Téléjournal*.

Après le repas du midi, une fois la vaisselle lavée, Yvette s'est allongée sur le lit antique à colonnettes de cuivre. C'est l'heure sacrée de la sieste. Wil, qui a consciencieusement essuyé les deux assiettes et les quatre couverts, s'est installé sur la berçante et s'apprête à cogner quelques clous, tout en répétant *sotto voce* quelques barrissements pour le récital de la nuit prochaine. (Depuis l'arrivée du couple célèbre à Saint-Lin, d'étranges phénomènes n'ont pas manqué de perturber la paix agricole vers les quatre heures du matin, les bœufs se mettant à mugir et les coqs à jouer du clairon avant l'aube, galvanisés par on ne sait quel tremblement du sol.)

De sa berçante, fabriquée par son grand-père, Wil jette un dernier coup d'œil autour de lui avant de se laisser gagner par le sommeil. La maison n'a jamais été vraiment modernisée, ayant appartenu successivement aux aînés de la famille qui furent de modestes cultivateurs, habiles à tirer leur subsistance d'une terre tout juste bonne pour la culture du maïs. Plus que centenaire, en bois pièce sur pièce, avec sa traditionnelle cuisine d'été, elle a opposé aux intempéries son courage tranquille et un peu niais. Des arbres autour d'elle ont grandi, puis le vent ou la foudre les a abattus, mais ils l'ont épargnée dans leur chute. Il y a deux ans, Wil l'a rachetée de son frère pour une bouchée de pain. Il voulait boucler la boucle, revisiter sa sainte enfance.

Au moment de franchir les portes du repos, c'est un enfant qui vient à lui, le petit Jeanjean avec sa frimousse enluminée. Il marche depuis près d'un an maintenant, il court, jase, dit des gros mots («cacatoès», «pipistrelle») et vous regarde droit dans les yeux avec un bon sourire, un sourire espiègle qui retrousse un coin de ses lèvres… C'est venu tout seul, vers un an et demi, cette disposition rigolarde qui lui tord un peu la bouche vers le haut, et le médecin assure qu'elle n'est nullement le fruit d'une intervention humaine, qu'elle est plutôt d'origine génétique. De fait, elle ne compromet en rien l'harmonie du visage, au contraire, ajoute un grain de sel à une esthétique autrement menacée de fadeur. «Si j'aurais su…», se prend parfois à ruminer Ti-Wil. Mais il chasse vite cette inutile spéculation et bénit les circonstances qui l'ont amené à réorienter sa vie.

Jeanjean vient donc à lui, le prend par la main et l'entraîne dans une course folle dans les champs derrière la maison. Il grandit à vue d'œil pendant que, de son côté, Wil rajeunit, se retrouve enfant lui aussi, en culottes courtes, et ils foncent tous deux vers le boisé où serpente le Bras. Arrivés là, ils se déchaussent, pataugent dans l'eau froide qui les fait frissonner et se mettent à la recherche des écrevisses et autres monstres marins. Sous le couvert des arbres, ils goûtent une fraîcheur qu'ils chercheraient en vain ailleurs, sauf dans la cave en terre battue où Yvette se réfugie parfois pendant les jours de canicule. Mais cette fosse sombre, quand le soleil chante partout, n'est guère réjouissante. Mieux vaut le petit bois et ses stridents étourneaux, et la joie de jacasser entre hommes, loin des oreilles indiscrètes.

Wil, redevenu lui-même, raconte alors à Jean-jean ses tribulations d'homme politique.

– Mon cher, je ne sais pas si je t'ai déjà raconté celle-là.

C'est ainsi qu'il commence toujours et Jean-jean, beaucoup plus vieux que son âge, met à l'écouter une complaisance qu'on ne trouve qu'en rêve, quand la maison dort, que la berçante berce et que le temps des soucis est révolu.

En vérité, quand le petit vient avec sa maman, il ne transgresse guère son état d'enfant de deux ans et se laisse cajoler plutôt par sa grand-mère, qui l'adore. Mais Wil l'étudie, du coin de l'œil, et se réjouit que la Terre porte un si aimable fardeau.

À force de se raconter en rêve à son descendant, Wil avait conçu le projet de meubler ses journées, parfois longuettes, par un grand projet. Lui qui était devenu premier ministre à coups de volonté quotidienne, en n'apportant jamais plus qu'une brique à la fois à l'édifice de sa réussite de sorte qu'il se gardait toujours les ressources nécessaires pour les coups durs, il se disait que la même méthode pouvait bien lui servir à devenir écrivain, du moins juste ce qu'il faut pour rédiger ses Mémoires. Qui pourrait plus véridiquement que lui, principal acteur d'une histoire glorieuse ayant vu reconnaître le Canada comme le pays entre tous où il fait bon vivre, raconter les huit années de pouvoir marquées à jamais de son sceau ?

Quand il s'ouvrait à Yvette de ce projet, elle l'encourageait énergiquement. « Vas-y, mon Wil, t'es capable ! »

– Oui, dit-il un jour, mais je ne sais pas par où commencer. Il me faudrait peut-être relire *La guerre des Gaules* ?

– Qu'est-ce que c'est ? Un album d'Astérix ?

– Bien non, voyons ! Ce sont les Mémoires de Jules César.

– Excuse-moi ! Tout le monde n'a pas, comme toi, fait son cours classique.

– Pour une fois que j'en sais un peu plus long que toi ! Les frères nous en faisaient traduire des extraits, au collège.

– Quoi qu'il en soit, tu ne pourrais pas choisir des exemples plus récents ? Tiens, pourquoi pas les Mémoires de… De Gaulle ?

– De Gaulle ? Le Français ?

– Oui, celui qui criait sur les balcons : « Vive le Québec libre ! »

– Ouais ! C'est tout un exemple que tu me proposes, ma femme !

– Tu n'es pas obligé de le piller jusque-là. Tiens, représente-toi plutôt méditant sur le balcon, ici même, au soir de ta vie publique, face aux champs sur lesquels descend la mélancolie de braise du couchant, et t'écriant en toi-même: «Vive le Canada d'Amérique! Sans accrocs et sans coutures!»

– Vévette, c'est toi qui devrais écrire mon livre. Tu es bien plus douée que moi.

– Cesse donc de dire ça!

– Je t'assure. Tiens, tu pourrais faire comme Lullaby Lincoln, la légitime de Dick, qui se présente à la présidence des États-Unis. Je te vois très bien en première ministre. N'est-il pas temps que le Canada ait sa dame de... d'enfer?

– Je vais t'en faire!

Cette scène de genre prenait à peine fin qu'un vigoureux coup de klaxon retentit.

– Tiens! quelqu'un vient nous rendre visite?

– Ma foi, répond Wil, sais-tu ce que je vois? Une rutilante Alfa Roméo!

– Pierre-Idiott! Quelle bonne surprise!

Ce dernier apparaissait déjà, son sourire japonais illuminant sa belle figure couturée.

– Alors, les retraités, je ne vous dérange pas trop dans vos fainéantises? Saprés cochons! Je vous soupçonne de vouloir faire remonter le taux de natalité de Saint-Lin-les-Labourettes.

– Cochon toi-même. Tes verdeurs font rougir mon épouse.

– Mille excuses, Yvette. Je me croyais encore à la ville.

Il embrasse Yvette ravie et point rouge du tout, serre la main de son costaud protégé. On le fait asseoir dans le fauteuil en peluche cerise, dont les bras se prolongent par des mains de bois noires.

— Ça va ? Tu es confortable ?

— Première classe ! On dirait que tu te meubles chez les antiquaires.

— C'est plutôt eux qui s'approvisionnent chez moi.

— Et toi, Yvette, tu ne regrettes pas ta grande maison du 24, Sussex ?

— Sais-tu, Pierre, avec ces quatre cent cinquante-trois gardes, je me sentais bien à l'étroit. Pas moyen de quitter une pièce sans tomber sur une horde qui n'avait pas eu le temps de voir venir. Il aurait fallu que je m'annonce continuellement avec une crécelle, comme les lépreux d'une autre époque.

— Dans mon temps, c'était plus simple. J'avais quatre gardiens seulement, un à chaque porte, et il n'y a jamais eu le moindre incident à déplorer. Moi-même je passais par l'une ou l'autre des entrées, comme tout le monde. Et nous n'étions pourtant pas encore le meilleur pays du monde !

— C'est que le progrès, déclara sentencieusement Wil, apporte son lot de problèmes inédits.

— Inédit toi-même ! Ce n'est pas le progrès, c'est toi qui attirais les embêtements, avec tes provocantes façons de gouverner.

– Tu peux bien parler, toi ! N'as-tu pas, à la face du monde, qualifié le langage de tes compatriotes de « *lousy french* » ?

– Ça ne compte pas, c'était une provocation intellectuelle. Toi, tu n'injuriais pas les gens, tu les étranglais à moitié ou tu les faisais assaisonner de poivre de Cayenne.

– Allons, messieurs, intervint Yvette, cessez de vous disputer la palme de la délicatesse. On ne fait pas d'omelettes sans casser d'œufs et vous en avez cassé tous les deux à profusion. Mon père, plombier, a débouché beaucoup de toilettes. Eh bien, il disait que la politique, c'est sale, et il avait bien raison.

– J'ai les mains sales, mais le cœur pur, s'exclama Wil avec un ingénu sourire.

– Et moi, je n'ai pas de cœur, comme chacun sait, mais ma raison est aussi propre que le cœur de Wil, foi de Canadien !

Là-dessus, Pierre-Idiott bondit du fauteuil rouge cerise, se mit l'index sur l'occiput et exécuta une triple révolution sur lui-même.

– Décidément, grogna Wil, tu ne te guériras jamais du besoin d'épater la galerie.

– Tant que la galerie permettra à un vieil homme de manifester sa candeur native, fit l'autre, un brin vexé.

Le silence s'installa pour quelques minutes. On entendit le vent brasser la lumière dans les feuillages et quelques mouches effectuer des raids auprès des moustiquaires. C'était une splendide journée d'été, supportable malgré le réchauffement accéléré de la planète. Une brise venue du nord tempérait les ardeurs matérielles et transformait la chaleur en subtils alanguissements de l'air.

— Tu n'as toujours pas fait creuser de piscine ? demanda Pit, que le silence énervait. Tu aurais de la place pour un bassin olympique.

— M'intéresse pas.

— Et toi, Yvette ? Tu n'aimerais pas nager tout en reluquant les corneilles et les nuages ? Les étés sont de plus en plus chauds.

— La meilleure façon de se rafraîchir, c'est encore de rester assis tranquille à l'ombre et de s'occuper l'esprit. La lecture, voilà mon bain préféré.

— Tu seras toujours la plus sage. Je démissionne. Pour changer de sujet, vous ne savez pas qui j'ai rencontré dernièrement ?

Ni Wil ni Yvette ne manifesta de curiosité. Pit faillit laisser tomber, mais ce fut plus fort que lui. N'avait-il pas fait le voyage jusqu'en plein cœur de la campagne québécoise, dans un plat pays stupidement planté de choux et de maïs – le paysage qu'il détestait le plus au monde, après le rocher Percé – pour apprendre à ses amis des choses qui les concernaient au plus haut point ? Et ils faisaient la fine bouche, feignaient de ne pas être intéressés. On verrait bien s'ils garderaient leur belle indifférence.

— Oui ? Non ? Eh bien, je vous le dis quand même. L'autre jour, j'étais à Ottawa, pour des raisons qui ne vous regardent pas. Et qui, qui donc je vois-t'y pas, en sortant d'un casse-croûte encore plus infect que vos mines peu polies ? Un sans-abri. Un pauvre type aux longs cheveux gris et gras, tout bouclés, à la mise débraillée, qui me tendait la main. J'allais passer tout droit quand j'ai été arrêté par sa physionomie. Cette face-là remuait des choses, dans un coin obscur de ma mémoire. « Il me semble que je vous connais, vous », fis-je dans mon anglais le moins apprêté. Il sourit, avec une sorte de gêne et de tristesse, les deux ensemble, et me répondit en déclinant son identité : « John Attawick. » John Atta… Oui, oui, ça me revenait… Quand je me suis lancé en politique, il était dans la direction des Jeunesses libérales fédérales de l'Ontario, vice-président, il me semble. Un gars superbrillant, qui a fait beaucoup pour mousser ma candidature en suggérant à mes organisateurs l'adoption des techniques promotionnelles des Beatles. Personne n'y croyait, et puis c'est lui qui a eu raison. On a élu un premier ministre *light*, après cet autre qui se plaisait à proclamer que « le tout est plus important que la somme des parties », un émule de Thomas d'Aquin dans la gracieuse arène fédérale-provinciale ! Moi, la philosophie… Bref, c'est à Attawick que je dois d'avoir eu ma petite heure de popularité, et le règne qui s'est ensuivi. Pas mal, non ? Sans lui, jamais les Québécois n'auraient fait la pluie et le beau temps à Ottawa, pendant plus de trente ans ! Vous vous rendez compte ?

– Tout de même, Pierre, ne va pas soutenir
que tu es redevable de ton succès à ces seules
méthodes promotionnelles.

– Non, sage Yvette, mais… presque ! Enfin,
peu importe. J'avais une dette considérable à
l'égard de ce jeune homme, que j'ai revu de loin
en loin, toujours aussi charmant et plein d'esprit.
J'ai pensé un jour l'attacher à toi, mon Wil, car il
me semblait qu'il aurait pu contribuer à ta fortune politique, mais tu étais en réserve de la ré-
publique, pour parler comme les Français, et il
s'était plus ou moins lié avec notre ami St. Paul…
Bref. Bref, de le voir dans cet état m'a fortement
secoué. « Comment diable se fait-il, lui ai-je dit,
que je vous retrouve dans une telle misère ?
– Cher monsieur, répond-il, c'est une longue histoire. » J'avais la soirée devant moi. « Suivez-moi,
dis-je, à mon hôtel. Vous pourrez vous laver,
vous sustenter, et nous viderons ensemble une
bouteille de fin scotch, pur malt. En buvant, vous
me raconterez vos déboires. » (Quel humour !) Il
finit par accepter : « D'accord pour le scotch… Et
pour le reste aussi. » C'est ainsi que j'ai appris
une surprenante histoire…

II

Foi de scoth pur malt

– Eh bien, mon ami, dit Pierre-Idiott en indi-
quant un fauteuil à son invité, vous sentez-
vous un peu réconforté ?

– Il y a bien longtemps que je n'ai goûté pareil bien-être.

Attawick regarda son bienfaiteur sans servi-
lité, mais il était content de voir que le vieil
homme célèbre jouissait pleinement de sa générosité. Les vrais bienfaiteurs éprouvent un réel
plaisir à partager.

Quant à Attawick, il était surpris de ressentir
tant de joie à retrouver le confort d'un corps
propre et d'un estomac bien rempli. Ce sont des
bonheurs qu'on sous-estime tant que la vie nous
comble, et qui deviennent extraordinairement
précieux pour peu que le sort nous en prive.

Dans la baignoire, sous la douche, il s'était as-
tiqué avec enthousiasme, satisfait de constater
que la mauvaise hygiène ne l'avait pas trop

abîmé. Se découvrir dartreux l'aurait déprimé.
Un jour pourtant, à force de mauvaise alimenta-
tion et de macération dans ses sales humeurs…

Une fois sorti de la salle d'eau, presque élé-
gant dans la robe de chambre que lui avait prê-
tée son hôte, il avait attaqué de bon appétit le repas que ce dernier avait fait monter. En
mangeant les petits pois qui accompagnaient le
rosbif, il ne put retenir une larme.

– Excusez-moi, fit-il. Ma mère en servait tous
les dimanches. Vous allez me trouver bien émo-
tif.

– Je comprends très bien ce que vous ressen-
tez. Dites-moi, vous êtes né dans une famille à
l'aise ?

– Mon père enseignait dans une école pri-
maire, en banlieue de Toronto. Les salaires, à
l'époque, n'étaient guère reluisants. Aujourd'hui
non plus, d'ailleurs. Nous étions quatre enfants.
Ma mère faisait de son mieux pour nous procu-
rer l'essentiel. À vrai dire, nous n'avons manqué
de rien ; en tout cas, pas d'affection. Et nous
avons pu faire les études que nous voulions. Je
me suis dirigé vers les sciences politiques et,
comme vous le savez, j'ai milité au sein des jeunesses libérales. Avec mon diplôme de maîtrise,
j'ai pu me décrocher un poste dans la fonction fédérale. Depuis ce temps, je vis à Ottawa.

Le repas s'était bien déroulé, Attawick dévo-
rant, Pierre-Idiott mangeant du bout de la four-
chette. La bonne humeur, allumée par le vin,

avait modifié les attitudes un peu contraintes du début.

Puis ils s'étaient installés dans des fauteuils, un Cragganmore de douze ans trônant sur une petite table devant eux. L'éthylisme du sans-abri n'avait pas supprimé ses aptitudes pour la dégustation, qu'il avait cultivées en des temps plus heureux. Il fit, comme il se doit, tourner la liqueur d'ambre dans son verre, la réchauffa entre ses paumes, huma avec distinction, s'humecta les lèvres et le bout de la langue, s'enduisit les papilles, malaxa, claqua doucement des muqueuses et déclara, en versant une autre larme :

– Divin !

– Quoi ! Votre mère vous en servait aussi ?

– Non, répondit l'homme en riant, c'est plutôt mon ami St. Paul qui me régalait de ce nectar.

– St. Paul… Martin St. Paul… Notre premier ministre par défaut… Vous l'avez bien connu ?

– Pour ça… oui.

– Vous avez travaillé pour lui ?

– Un peu, oui… Je dirais même beaucoup. J'étais une sorte de… d'organisateur, quoi.

– Plus ou moins occulte ?

– Plus ou moins…

Attawick devinait très bien les soupçons que son interlocuteur, notoirement lié à Wilfrid Stephen Christian, pouvait nourrir à l'égard de Martin St. Paul. Il savait que la générosité de son hôte, si spontanée fût-elle, n'était pas complètement désintéressée ; ou plutôt, qu'au plaisir de

rassasier un inférieur dont il était quelque peu
l'obligé et qui se trouvait maintenant dans le besoin, s'ajoutait celui de servir un vieil ami victime
d'un infâme complot politique. Bref… La partie
s'annonçait serrée vu que, le complot, il en avait
été lui-même l'instigateur. Mais cela, il n'était pas
nécessaire de le dire… Il y avait Forster, ce bandit, probablement de mèche avec les services secrets. C'est plutôt lui qu'il fallait mettre dans le
bain. Lui et Vezeau, le beau parleur, le favori de
ces dames, qui avait conduit toutes les ma-
nœuvres sur le terrain. Attawick voyait enfin,
après deux ans, le moyen de se venger de ces
deux-là qui l'avaient laissé tomber.

— Monsieur, bredouilla-t-il au troisième verre
de scotch, vous avez été très bon à mon égard et,
si vous m'assurez de ne pas utiliser cette information contre moi, je vais vous révéler quelque chose
que moi seul suis en mesure de vous apprendre.

« Tiens, pensa Pierre-Idiott, je vois apparaître
le bout du nez des vers du nez, tirons sans trop
en avoir l'air. »

— Êtes-vous sûr, mon ami, de me devoir cette
confidence ? En politique, la discrétion est la
règle.

— La politique, monsieur, je l'ai égarée
quelque part depuis que je fréquente les trottoirs
plutôt que les officines du pouvoir (diable, je
parle tout en « oir » !).

— Eh bien, racontez-moi cette anecdote
comme à un vieux copain… de sauna, peut-être ?

– Pourquoi pas…

Avec ses longues mèches grises, encore humides, et son visage resté jeune, son corps amaigri par les privations et réchauffé par l'ivresse, il manifestait une disposition à la sensualité, bien visible parmi les mollesses du vêtement. L'octogénaire était parfaitement insensible à ce spectacle, mais la piquante occurrence pouvait servir quelque fin pratique. Un peu de sexualité, dans les jeux de pouvoir, a toujours son utilité. D'autant plus qu'Attawick ne faisait pas mystère de ses tendances.

– Eh bien, de quoi s'agit-il ?

– En un mot, de… du petit Jeanjean.

– Jeanjean Saint-Laurent ?

– Lui-même.

– Quoi, vous connaissez les dessous de l'affaire ?

Attawick le regarda bien dans les yeux.

– À vrai dire, vous les soupçonnez vous aussi. Mais je peux vous les confirmer.

– Et les prouver ?

– Non.

– Bon… Confirmez toujours.

Attawick commença alors le récit détaillé, mais retouché, de la réunion où le projet d'enlever le petit-fils de Wilfrid Stephen Christian avait été discuté puis adopté. Forster était l'artisan principal du forfait, et Vezeau, l'homme chargé de prendre contact avec quelqu'un de l'entourage de l'enfant. St. Paul semblait terrorisé à l'idée d'une action aussi risquée, mais les deux autres lui parlaient avec brutalité et faisaient allusion à on ne sait quelle dette de reconnaissance qu'il avait contractée à leur endroit. C'était, apparemment, dans cette affaire qui traînait encore devant les tribunaux et qui concernait l'obtention de contrats quand, alors ministre des Finances, il était en situation de conflits d'intérêts.

— Mais comment savez-vous ces choses ?

— Je vous l'ai dit : on m'a tout raconté.

— Qui, on ? Pas St. Paul, tout de même !

— Bien sûr que non !

— Eh bien, alors ?

— Mettons… un ami de sauna.

— Oui, je vois.

En fait, il ne voyait pas puisque ni Forster ni Vezeau, qu'il connaissait un peu, n'avaient la réputation de fréquenter les chambres de bois. Mais sait-on jamais ?

Attawick s'enfilait maintenant son quatrième verre de scotch et redevenait de plus en plus le pochard que Pierre-Idiott avait rencontré dans la rue, quelques heures plus tôt. Rassasié de révélations, le vieillard ne songeait plus qu'à rendre le bavard éhonté à sa nouvelle vie. Il l'aida à rentrer dans ses vêtements, lui remit la bouteille à moitié vide dans un sac de papier et alla le reconduire sur le trottoir. Là, il dut essuyer un baiser pathétique – celui de Judas au Christ, ou de Violaine à Pierre de Craon – et il remonta dégoûté, mais frétillant des nouvelles qu'il avait apprises.

☆

— Eh bien, fit Pierre-Idiott, que dites-vous de ces révélations ?

Il y eut un long silence. Puis Wil, d'une voix dénuée de ressort, demanda :

— D'après toi, est-ce que la bonne, Marie-Linda, était dans le coup ?

— Je n'ai pas pu savoir. Mais... mais enfin ! Dans toute cette affaire, c'est seulement ça qui retient ton attention ? La bonne ? La police l'a interrogée pendant des jours, sans succès. Alors, ce que je vous apprends, moi, ne vous fait pas plus d'effet que cela ?

— Pierre, intervint Yvette, nous avons vécu un enfer. Tu nous y replonges, et tu voudrais que...

— Bon ! Bon ! Ça va. Excusez-moi. Je ne voulais pas vous ennuyer avec ça. Parfois, comme ça, on pense faire plaisir aux gens... Tiens, il commence à se faire tard. Je crois que je vais rentrer.

— Mais non, voyons. Tu manges avec nous.

Il était vraiment vexé, et ses deux amis durent s'humilier pour obtenir qu'il reste avec eux. Le repas fut triste, car trop de souvenirs avaient été remués. C'est la pensée de tout son passé politique qui refluait dans l'esprit de Wil et qui lui inspirait un affreux mélange de nostalgie et de culpabilité. Il lui semblait maintenant, après deux ans de retraite et de réflexion, qu'on ne pouvait plus œuvrer en politique avec le désir de sauver une abstraction comme le Canada, sous

laquelle couvaient des luttes ignobles qui menaient inéluctablement à la disparition des mino-
rités. Il fallait plutôt avoir le souci de se confor-
mer à un ordre global du monde, seul capable de
fonder en vérité les peuples et les nations.

III

Wil et la Motte

L'idée de peuples qui s'étaient formés tant bien que mal sur cette Terre au gré d'une histoire capricieuse, souvent cruelle, hantait Wil depuis quelques mois et sapait les confortables certitudes politiques de sa maturité. Il réfléchissait beaucoup au destin des Canadiens français, surtout ceux du Québec qui avaient bénéficié de conditions exceptionnelles d'isolement et de repli en terre fruste pour se multiplier entre eux et constituer, nonobstant un bon lot de métissages, l'une des ethnies les plus homogènes de l'histoire contemporaine. Le reste du Canada, en revanche, était un invraisemblable patchwork des nationalités les plus diverses, que les descendants des colons britanniques n'arrivaient plus à exploiter et qui restaient le plus souvent fidèles à leurs cultures d'origine, par incapacité d'en inventer une qui les eût réunis. La seule culture moderne qui les rejoignait tous venait du Sud, et leur spécificité canadienne

se résumait au rocailleux mélange de l'américa-
nité U.S. et de leur folklore natal.

Et c'était à cela, à cette grinçante improvisa-
tion qu'il fallait sacrifier le peuple du Québec ?
Quand il était au pouvoir, Wil eût répondu sans
hésiter : oui. Oui, car la fidélité au passé n'est
plus de mise, dans une civilisation de l'avenir.
Oui, car le brassage des ethnies est le seul garant
d'une paix véritable et un puissant facteur de développement économique et de fécondité culturelle. Les solidarités ethniques sont sans doute un
précieux héritage du passé, mais il faut le réin-
vestir dans un projet civique et démocratique,
qui subordonne les particularismes à l'intérêt
commun.

Or, Wil n'était plus sûr, maintenant, d'avoir
eu raison. L'érosion de la foi francophone, en dehors du Québec et au Québec même, l'étiole-
ment graduel du petit peuple qu'abandonnaient
ses élites maintenant qu'il n'était plus question de
le courber sous le joug commode de la religion,
le métissage forcé avec une immigration qui atteignait les proportions d'un raz-de-marée et qui
était toute dévouée au principe fédéral, ces vastes
fatalités politiques, culturelles, sociales, démogra-
phiques lui serraient le cœur. Peut-être y était-il
plus sensible depuis que, lors d'une visite de sa
fille, le petit Jeanjean qui prononçait ses premiers
mots lui avait gazouillé des vocables anglais. Sa
bonne, une Torontoise de bonne famille, était
chargée de lui apprendre la langue du pays.

Ces idées, à vrai dire, traversaient la tête de l'ancien premier ministre, mais n'y stationnaient pas. Il n'en parlait pas non plus, sauf parfois avec Yvette qui lui conseillait de penser à autre chose. On ne se refait pas une tête politique à soixante-dix ans, quand déjà le corps commence à vous quitter ! Et c'était vrai, Wil retrouvait parfois des débris de lui-même dans ses chaussettes ou autres sacs intimes, des croûtes, des fragments de corne. Même ses cheveux tombaient en souvenirs. La vieillesse était là, indéniable, et bridait sa capacité de tout reprendre à zéro.

Pourtant, il avait la poignante intuition d'être seul, nu, dressé sur un point de la grande Motte qui roulait dans le vide, baignée des effluves solaires. La Motte, le Soleil et lui. Et la nuit, plus souvent qu'autrement. Et il fallait sur cette Terre, pour les milliards d'autres qui comme lui se dressaient seuls et nus, tenus d'inventer leur destin, il fallait trouver des signes, des emplois, des formules, quadriller les devoirs, assujettir les obligations, varloper les droits, créer un contre-monde de vérités et de façons, de satisfactions, fonder l'institution du bonheur. Établir tout le contrat humain, en somme, en respectant les droits de possession et les réticences au partage et aux réaménagements. Tâche colossale, qui aurait nécessité la méditation collective de mille sages à temps plein, et que Wil se sentait pourtant capable d'entreprendre s'il ne perdait pas de vue le point de départ, lui seul et nu, les deux pieds sur la Motte, et le Soleil et la nuit qui se disputaient autour de lui toute chose, toute pierre, toute vie.

Sa réflexion, qu'un métaphysicien matérialiste (s'il en est) eût accueillie avec bonne humeur, tenait plus du mou programme que du chantier actif. Néanmoins elle poussait, petite plante à l'abri des intempéries de la vie publique où, comme des chats, continuaient de se chamailler les dragons du passé.

IV

Voies circulaires

Depuis la démission de Wilfrid Stephen Christian, la vie politique canadienne et québécoise avait prodigieusement tourné en rond. La vie politique canadienne et québécoise tournait en rond depuis un nombre d'années incalculable, mais, cette fois, sa giration réalisait au maximum le concept de circularité, au point que les observateurs en avaient non seulement le vertige, mais encore la nausée et même la berlue.

Au centre de ce mouvement implacable, la figure astronomiquement désolée de Martin St. Paul, qui avait été porté au pouvoir sans lever le doigt, symbolisait les valeurs du siècle nouveau : l'argent, l'argent et l'argent. Les rouspéteurs (il y en a toujours) affirmaient que point n'était besoin de prendre les commandes du pays pour avantager sa petite industrie personnelle ; qu'il aurait pu se contenter de son fief des Finances et se graisser la patte en paix. C'étaient des

médisants, ou plutôt des calomniateurs, puisque
rien n'avait jamais été prouvé contre lui. Il suffisait, d'ailleurs, de contempler sa physionomie la-
cunaire pour l'exonérer de tout blâme. D'aucuns,
en politique, ont un visage à deux faces ; lui
n'avait pas de face, à peine un visage. Et la parole
qui en sortait déboulait mollement depuis un
cloaque d'idées si ternes, si usées que seuls les
chiffres, dont il usait abondamment, arrivaient à
leur donner forme.

Son accession au pouvoir avait rendu quelque
espoir à Lucien Boucher, qui jugeait impossible
de faire bouger Wilfrid Stephen Christian et trouvait ce dernier encore plus buté que ses prédécès-
seurs dans son refus d'accorder au Québec la
moindre chance d'améliorer sa situation. Est-il
rien de plus buté qu'un bloc de béton ? Oui,
croyait Boucher : l'affreux Wil. Le béton armé aurait pu prendre des leçons de lui. Le refus net de
remuer le moindre neurone, de décanadianiser la
moindre énergie au profit d'un peuple menacé, le
sien en l'occurrence, avait fait à jamais de Wilfrid
Stephen Christian l'un des bourreaux historiques
du Québec. Lors du triste événement qui avait
amené la démission du politicien, Lucien Boucher avait spontanément mis de côté ses griefs politiques pour ne plus considérer que la tragédie
humaine. Mais de retour à la vie publique, il
voyait d'un bon œil l'accession au pouvoir d'un
homme plutôt timide et indécis, sans doute am-
bitieux, mais sans forfanterie, apparemment

capable de dialogue. Hélas! il en viendrait vite à regretter la fermeté de son adversaire précédent, qui avait au moins le mérite d'interdire toute illusion sur la volonté fédérale de négocier.

L'un des premiers soins de Martin St. Paul avait été de convoquer une conférence fédérale-provinciale sur la santé. Des sommes importantes prélevées dans les excédents de revenus d'Ottawa devaient être réparties entre les provinces, au *pro rata* de la population. Les essaims de fonctionnaires avaient bourdonné pendant plusieurs semaines pour introduire un peu de complexité dans une opération qui n'en comportait guère. Il fallait tout de même se garder d'aller trop vite et de rater l'occasion d'éprouver la solidité des rapières qui ne demandaient qu'à se croiser. L'occasion fut fournie par le désir bien arrêté d'Ottawa d'exercer un contrôle sur les sommes versées. Toutes les provinces et les territoires étaient d'accord pour cette nouvelle intrusion du grand frère fédéral dans leurs affaires, la réclamaient même comme une garantie indispensable d'équité. Le Québec, selon l'éternelle logique, refusait un empiètement flagrant dans un champ de compétence que garantissait la Constitution. Appelé censément pour dénouer l'impasse, Lucien Boucher dut affronter l'hostilité de tous les ministres réunis, qui ne mâchèrent pas les vocables anglais les plus méprisants pour dénoncer son infantilisme et son refus de s'accommoder des réalités pratiques. Muni de sa canne et de sa fierté, il tourna le dos à la brochette d'honorables et quitta la salle de réunion.

En sortant, il rencontra Cellophane Dion qui musardait par là et qui l'aborda en souriant :

– Monsieur le premier ministre ! Quel bon vent ?…

– Tiens, vous souriez, vous ? demanda Boucher.

– Oui, cela m'arrive. Vous-même, vous ne semblez pas être dans des dispositions pour le faire.

– Ah ! que j'en ai marre !

– De quoi, en particulier ?

– De l'impasse, cher ami, que vous vous obstinez à susciter jour après jour, vous et votre gouvernement, l'impasse obscène, funèbre, ridicule et qui n'a qu'un but, faire rendre l'âme au Québec, faire du Québec un pan de votre patchwork anglais cousu pur fil.

– Eh bien, monsieur le premier ministre, si vous jugez que le Québec ne trouve pas les conditions propices à son épanouissement dans la Confédération, vous savez mieux que moi quoi faire.

– Et quoi donc, je vous prie ?

– Quittez-la.

– Vous voulez rire ?

– Sourire me suffit.

– Vous avez bien raison, en effet, de sourire. Grâce à vous, et à votre loi crapuleuse sur les référendums, il est désormais impossible de réunir les conditions gagnantes dont j'ai rêvé, en des temps plus heureux. Le Québec est fichu, bien fichu. Mes félicitations ! Votre rage contre le peuple qui vous a élevé en son sein a trouvé, dans l'oppression canadienne, l'instrument qu'il lui fallait pour s'exercer. Il y a, comme ça, des individus capables à eux seuls de détourner toute une population de l'avenir auquel elle a droit. Vous êtes l'un de ceux-là. Je ne connais pas d'action plus abjecte que la vôtre. Dans cinquante ans, on saluera en vous l'un des pères du Canada moderne, celui qui aura eu le courage de crever l'abcès, de provoquer l'agonie d'une langue et d'une culture en sursis depuis la bataille des plaines d'Abraham. Hi, Cellophane. Hi, Hitler !

– Quel aveuglement !

Ils ne se serrèrent pas la main.

Après la conférence sur la santé, expressément conçue pour mettre Lucien Boucher dans l'odieuse obligation de refuser de l'argent que réclamaient à grands cris les fédéralistes et une bonne partie des souverainistes québécois, il y eut d'autres guets-apens finement imaginés par le gouvernement fédéral décidé à en finir avec la fronde nationaliste. Une action soigneusement concertée entre les grands hommes d'affaires, leurs séides éditorialistes, les ministres libéraux du Québec dirigés par John Charolais, Cellophane

Dion et, bien entendu, Martin St. Paul, devait
conduire à l'effondrement décisif, voire à la disparition du Parti national, déjà déstabilisé par des
dissensions internes et les sondages dont l'approche des élections rendait les résultats alarmants.
Enfin, du côté canadien, on entrevoyait la possibilité d'éradiquer à jamais dans le peuple québécois, de plus en plus étranglé par une immigration hostile, le goût de son affirmation historique.
On sentait la proximité de la réussite dans les ac-
cents triomphaux avec lesquels le couple Gagnon-
Dubuc saluait en page éditoriale la moindre déclaration de Charolais, venu du pacage fédéral
pour promouvoir son libéralisme thatchérien. Il
en meuglait large, citait le cas pathétique d'une
septuagénaire qui avait échappé et cassé son
dentier à l'urgence de l'hôpital Maisonneuve-
Rosemont à force de bâiller pendant les heures
d'attente, et qui, ayant voulu se faire rembourser
la précieuse prothèse, s'était vu renvoyer de
fonctionnaire en fonctionnaire et de service en
service pendant deux mois, ce qui l'avait mise,
comme on dit, sur les dents. Charolais avait sou-
levé plusieurs fois en Chambre ce cas exem-
plaire, avait utilisé mille et une fois la locution in-
cantatoire « monsieur le président », qui est au
discours d'un député ce que la mayonnaise est à
l'aïoli, et quand on avait découvert le pot aux roses, à savoir qu'il s'agissait d'un coup monté et
que la prétendue victime n'était nulle autre que
la tante de l'aspirant premier ministre, Lysiane

Dubuc avait dénoncé dans un éditorial très apprécié la niaiserie du parti au pouvoir qui prétendait se sauver, en se disculpant sur un point sans importance, de l'examen démocratique légitime auquel l'exposaient ses innombrables méfaits.

Rien n'obligeait le gouvernement à décréter des élections avant la fin de son mandat. Mais, après sept ans de pouvoir où il avait mis sur pied des réformes souvent difficiles ou délicates, tout en essayant d'assainir les finances publiques et de ramener le déficit à zéro, ce qui avait sauvé la province de la faillite, mais suscité beaucoup de mécontentement, le temps d'aller aux urnes était venu. Lucien Boucher était surtout désolé de n'avoir pu faire avancer la cause de la souveraineté, que son parti était le seul à défendre sur la scène provinciale. Non seulement la cause n'avait pas avancé d'un pas, mais plusieurs jugeaient qu'elle avait subi un recul considérable, surtout depuis que les partis fédéraux avaient, à la quasi-unanimité, adopté une loi rendant impossible l'exercice démocratique de la consultation populaire sur la question des liens entre le Québec et le Canada. Cellophane Dion, qui s'était approprié l'idée de Ti-Pit, était le grand artisan de cette initiative qui acculait le Québec à la périlleuse solution de la déclaration unilatérale d'indépendance s'il voulait échapper au risque toujours plus grand de l'assimilation. Jamais, se disait le bouillant adorateur de l'unifolié, mes concitoyens francophones n'auront le courage de troquer leur petit confort matériel contre le risque de la guerre et de la pauvreté que leur vaudrait le choix d'un pays à eux. Un pays, pourquoi ? Ils en ont un, le meilleur du monde, et ils peuvent y parler français comme ils veulent, etc.

Un matin d'avril, Lucien Boucher se leva énervé, tourmenté par une impulsion qu'il prit du temps à reconnaître, puis il comprit. Il allait en finir, il allait déclencher au plus vite les élections. Il convoqua son caucus pour l'après-midi, se sentit tout d'un coup soulagé, presque léger. C'était le printemps, les oiseaux chantaient dans les arbres, il reconnut les roulades du roselin, les considéra comme de bon augure. Les élections, il les perdrait peut-être, mais elles seraient, pour le parti et pour le peuple, un moment de purification. Un recommencement. L'occasion de sortir du cercle où l'action politique finissait toujours par vous enfermer, les progrès collectifs n'étant jamais, à de bien rares exceptions près, des avancées en ligne droite.

Sept ans, sept longues années d'enfer ! Boucher avait entrepris son premier mandat en étant sûr que, cette fois-là, quelque chose de décisif se produirait dans l'histoire du Québec. Certes, il fallait d'abord nettoyer les écuries d'Augias, laissées dans un état lamentable par les libéraux, il fallait mettre fin au gaspillage des fonds publics et s'ajuster à une économie nouvelle où l'État jouait moins qu'auparavant le rôle de providence. Mais pendant tout ce temps, il fal-

lait aussi obtenir l'appui de financiers et d'entre-
preneurs qui ne demandaient qu'à voir le gouvernement du Parti national se casser le cou. Un
référendum, qui avait failli donner la victoire aux
souverainistes, avait provoqué un raidissement
encore plus grand du Canada contre le Québec,
et des représailles sans précédent s'étaient ensui-
vies, tant sur le plan constitutionnel, par l'adoption de la loi dite sur la clarté référendaire, que
sur celui, plus sournois, des mesures destinées à
affaiblir économiquement ceux qui avaient osé
réclamer une renégociation du pacte fédéral.

Il devenait de plus en plus absurde de diriger
un Québec en perte d'identité et de fidélité à soi-
même, envahi par des immigrants éperdument
anglophiles, que la culture francophone faisait
sourire de pitié et qui ne demandaient qu'à se
fondre dans la macédoine canadienne. Face à
cette situation, il ne restait plus qu'à tenter une
fois de plus de convaincre les immigrants de se
rallier au combat québécois contre les forces
d'assimilation externes, mais comment? Lucien
Boucher ne se le disait pas clairement, mais il jugeait la situation désespérée.

V

En campagne

« On en a ASSEZ, des référendums ! » « On en a ASSEZ, de Lucien Boucher et de son équipe de nationaleux ! » « On en a ASSEZ, des urgences engorgées ! » « On en a ASSEZ, des compressions budgétaires ! » « ASSEZ, du cafouillage administratif ! » « ASSEZ, des écoles médiocres ! » « On en a ASSEZ ! » « ASSEZ, c'est ASSEZ ! » « ASSEZ !!! » Telles étaient les affiches électorales qui, de Hull à Gaspé, martelaient le même message simple, en rouge et bleu sur blanc. Due au génie sommaire et efficace d'un publiciste fraîchement diplômé de l'École des hautes études commerciales, l'offensive débuta de façon foudroyante, battant de vitesse d'au moins deux jours les panneaux des adversaires dans les rues et sur les routes de la province. Les premiers sondages donnèrent aussitôt un net avantage aux libéraux, à la grande joie d'Alain-Carl Gagnon qui écrivit :

*Enfin, la population du Québec se dresse contre
la bande de mystificateurs, d'apprentis sorciers
et d'illusionnistes qui lui faisait espérer, depuis
tant d'années, sortir d'on ne sait quelle oppression exercée sur elle par les « aAnglais », alors
qu'ils ont eux-mêmes installé une oppression
bien pire, celle de l'idéologie et du refus des
réalités. Et quelle idéologie! Le nationalisme,
qui a mené les peuples aux pires aberrations,
au nazisme et au fascisme, à l'holocauste! Qui
sait si, sous les apparences paternes de Lucien
Boucher, au nom si révélateur, ne se cache pas
un dictateur de la trempe de Hitler ou de Duplessis? Qu'on songe à l'influence d'un Lionel
Groulx sur les esprits québécois d'une autre
époque, et que, en comparaison, on jette un regard sur la figure joviale du père Georges-
Henri Lévesque, dont toute la réflexion, jadis
comme naguère, au Rwanda comme dans le
Québec de Maurice Duplessis, tournait autour
d'un seul mot : liberté! Eh bien, les libéraux
sont les dépositaires de cette liberté, et c'est par
un mot seulement qu'ils s'opposent à leur tour
aux odieux prophètes du passé : ASSEZ! Assez,
passé! Passez! Laissez-nous reprendre le chemin de la prospérité, qui ne peut être qu'individuelle avant d'être collective. Il est faux de
croire que la culture passe avant l'économie.
Les États-Unis sont devenus le grand pays
qu'ils sont en mettant d'abord l'argent au
centre de leurs préoccupations. L'argent et*

Dieu! Car Dieu ne peut être dignement célébré que par l'homme dégagé des soucis matériels. Le Québec, qui a perdu depuis longtemps le sens du sacré, le retrouvera s'il sait rendre à l'argent sa vraie place, et perdre la sinistre obsession de la langue et de la culture du passé. Ou alors, qu'il sache choisir une langue capable de servir son goût de la rentabilité et de l'aisance matérielle. On en a assez des privations au nom d'un avenir impossible, dont la seule idée fait frémir. Imaginons un seul instant que le Québec quitte la Confédération qui l'a hébergé si longtemps, avec patience et générosité, refusant même de répondre à ses provocations et de le laisser partir tout seul, sans défense! Il ne se passerait pas deux mois que la population, réduite à la mendicité, livrée à la guerre civile, implorerait à genoux le Canada de la réintégrer en son sein! C'est alors que le Canada aurait beau jeu de lui dire : « Tu as voulu t'émanciper, voler de tes propres ailes ? Eh bien! Assume-la, cette liberté contraire à tes besoins véritables, cette indépendance que te chantait un chanoine pervers, tandis que le bon père Lévesque t'invitait à la véritable liberté, qui consiste à dire oui avec un bel éclat de rire! »

L'éditorial se poursuivait sur quatre autres pages, accompagné des jubilations de Lysiane Dubuc qui concluait : «Enfin! nous l'aurons, le libre choix de la langue d'enseignement et d'affichage ! Nous l'aurons, notre province bilingue ! Passons au vingt et unième siècle, le siècle sans frontières et sans barrières où l'individu, délivré du poids des cultures mortes, vivra en symbiose avec le monde ! »

John Charolais qui, jusque-là, avait dû respecter l'opinion des nationalistes mous, lesquels formaient une partie non négligeable de sa clientèle électorale, et louvoyer péniblement entre les positions des nationalistes québécois et des libéraux fédéraux, se sentait bien à l'aise maintenant pour décrier toutes les réalisations du gouvernement et les rapporter au machiavélisme de Lucien Boucher uniquement occupé, disait-il, à réunir les conditions gagnantes d'un nouveau référendum. « Eh bien, j'ai des petites nouvelles pour lui, vociférait-il. La population n'en veut pas, de votre référendum ! (Il passait de la troisième à la deuxième personne, faisant apparaître le diable à la barre des accusés, au milieu de ses partisans en délire.) La population ne veut pas choisir entre le Québec et le Canada. Elle veut les deux, la population, parce qu'elle n'est pas folle et qu'elle ne veut pas se retrouver le bec dans l'eau, et plus mal en point qu'elle ne l'est actuellement, qu'elle ne l'a jamais été par le passé ! C'est-y compris, ça, monsieur Boucher ? Allez-vous longtemps vous boucher les yeux pis les oreilles devant la réalité, monsieur Boucher ? Voulez-vous être le boucher du Québec, monsieur Boucher ? Allez-vous comprendre un jour que, nous autres, nous en avons

ASSEZ de vos farfinages et de vos illusions gagnantes, monsieur Boucher ? »

Fatigués par sept ans de travail acharné effectué sous les quolibets de l'opposition, laquelle avait beau jeu de ridiculiser des gens venus à la politique pour servir les intérêts du peuple plutôt que les leurs propres, les députés du Parti national n'en menaient pas large et souvent, comme leur chef lui-même, doutaient de l'utilité de leur action. Souvent d'ailleurs, il se trouvait que leurs réalisations desservaient leur action à long terme en procurant à la population un sentiment de sécurité qui lui faisait perdre de vue les menaces pesant sur son avenir. C'est d'ailleurs pour ce genre de réformes, susceptibles de prolonger quelque peu la survie québécoise, que la population réélisait périodiquement le Parti national, mais elle ne lui confiait jamais le mandat d'assurer la vie de la collectivité. Entre-temps, le Parti libéral ramenait la province dans le giron de la dépendance et de l'asservissement. Les deux partis, alternativement, l'un le voulant et l'autre y répugnant, préparaient tout un peuple mal défait et mal conquis à la résignation définitive.

VI

À la campagne

Depuis quelque temps, Wilfrid Stephen Christian avait la tête dans les nuages. Si Yvette lui posait une question, il répondait par un faible sourire et continuait de regarder devant lui, sans manifester la moindre attention. Il était comme débranché du contexte de la vie immédiate. Yvette, au début, ne s'en alarmait pas : « Pauvre homme, pensait-elle, il a bien mérité de ne plus avoir de soucis ! » Mais elle en vint à penser que ce qui le retenait loin d'elle, dans un espace où elle n'avait nul accès, pouvait être aussi préjudiciable au repos du « pauvre homme », et même plus, que les petits problèmes pratiques. La réalité, après tout, valait qu'on s'en occupe. Le sourire qu'il opposait à ses menues interventions était-il sain ? Reflétait-il la sérénité intérieure ou le désarroi ?

Elle pensa s'en ouvrir à leur vieil ami de toujours, Pierre-Idiott, qui ne leur avait plus rendu

visite depuis la fois où il leur avait apporté tant de
pénibles renseignements sur les menées de Martin St. Paul. Son dévouement n'avait eu, pour
toute récompense, que l'indifférence lassée des
deux époux. Il n'en revenait sans doute pas encore, et Yvette s'abstint de lui demander conseil
pour éviter de se placer une fois de plus dans une
situation gênante, par exemple dans l'obligation
de refuser son aide si elle la jugeait peu appro-
priée – le jugement faisant souvent défaut au
vieil homme –, ou dans la position d'essuyer une
éventuelle rebuffade de sa part si l'expérience
l'avait rendu prudent.

À quoi tenait l'absence au monde du cher
Wil ? Yvette crut remarquer, elle qui avait le
sommeil si léger, qu'il se levait parfois la nuit et
se retirait dans une petite pièce peu fréquentée,
transformée en débarras. On y trouvait un amon-
cellement de meubles disparates, encore plus dé-
modés que les autres. Il y avait, notamment, un
antique secrétaire dont elle croyait avoir entendu
bouger le rideau de bois qui le fermait.

Un jour que Wil était allé aux provisions,
Yvette jugea légitime de s'enquérir de la nature
des choses. Une bonne partie de la nuit, elle avait
entendu grincer la petite chaise au siège de paille,
sous les efforts du scripteur. Que rédigeait-il
ainsi ? Son testament ? Ses fameux Mémoires,
dont il parlait beaucoup mais qu'il n'avait pas,
jusqu'ici, semblé enclin à coucher sur papier ?
Ou mettait-il par écrit ces idées bizarres qui lui

trottaient dans la tête et qu'il hésitait à lui confier, peut-être parce qu'elle ne s'était pas montrée suffisamment réceptive? Le moment était venu: elle en aurait le cœur net. Après tout, le mariage chrétien ne lui conférait-il pas la responsabilité de veiller sur lui *corps et âme*?

Dans la petite pièce en désordre, qui sentait la poussière et le moisi, elle fit glisser le rideau de bois et tomba tout de suite sur un cahier d'écolier à la couverture noire. Elle l'ouvrit et, sur la première page, trouva une citation de Rimbaud qui l'étonna fort (ce cachottier ne lui avait jamais confié faire de telles lectures): «Mes amis, je veux qu'elle soit reine!»

Puis elle tourna la page et découvrit, couvert de ratures qui confirmaient leur provenance, le début d'un long poème. Bel et bien de son écriture!

LE DIT DU ROI

Je suis pâle! C'est fou, mais je suis transparent!
Le jour à travers moi passe comme un torrent.
Des foyers de lumière et d'ombre se combattent
Dans mon corps allumé d'yeux fous qui se dilatent.
Je suis comme la borne où s'arrête le sort.
Ô ciel, omnipotent inventeur de la mort
Qui recycle le sang et défait la souffrance,
Que ton poing s'abattant sur ma pauvre espérance
M'étourdisse de moi! J'irai me projeter
Dans l'infini concret, pour tout recommencer.

Je suis transparent. Quoi ? Et quel désir me ronge ?
Les envols de butors déchirent l'air du songe
En deux mirages bleus. Où passe l'ange, épris
Du total univers, se taisent les récits,
Respectueux. Le vent bouge dans les étages
Du soleil ranimé par ses propres mirages.
Ce monde est-il pareil à l'espoir qui le tient
Au-dessus des gâchis sombres, où n'aime rien ?
L'eau froide et dure abrite une engeance confuse
De larves que le rêve, hermétique, refuse.
Dans les fonds bas rancit le reste de rancœur
Qui transpire à jamais de l'innombrable cœur
De l'homme. L'homme !

Un jour, de l'espace sans norme
Et sans couleur tomba sur la Terre une forme.
Elle prit autour d'elle un peu de boue, et rit.
De matière, en tordant ses bras, elle s'emplit.
Une convulsion affamée et amère,
Tel fut l'ancêtre. Tel, à la fois père et mère,
Fut l'homme transparent au milieu des bois noirs
Que la lune à grand-peine éclairait, certains soirs.
Il marchait en rêvant de la vide origine
Dont il était issu, dans la nuit non divine.
C'est lui qui inventa l'astre de son destin.
Il le fit absolu, implacable et mesquin,
Dégouttant de fureur dans la ténèbre brune.
Un Dieu est un humain grandi par sa rancune.
Au milieu des bois noirs, l'homme se protégeait

Contre le tout-puissant, de son culte l'objet.
Corps opaque de Dieu, barbouillé de délire,
Tu assombris la nuit sans feu pour qui désire.
L'horreur glace le ciel qu'accablent les remous
Implacables, pareils à d'immenses verrous.
On te fit créateur pour que, sous les nuages,
Tu transformes l'orgueil de ton sang noir en rages.
Et tu le fis !

– Mon Dieu ! s'écria-t-elle, interrompant sa lecture, il est fou !

L'évidence s'imposait à elle. Déjà, quelques mois plus tôt, il lui avait parlé du sentiment qui l'emplissait d'être seul, debout sur une motte immense qui était la Terre, et que chacun était également seul sur la Motte, et qu'il en résultait un devoir de compassion à l'égard de tous et de chacun. Alors, elle s'était esclaffée, pour décourager ces imaginations naissantes qui sentaient leur vieillard sur la déprime, et lui avait dit : « Wil ! de grâce, plus de ça, c'est trop drôle : Wil et la Motte ! Willy Lamothe ! »

Lui, dont le style cavalier en politique avait souvent inspiré des rapprochements avec l'immortel chanteur western, n'avait pas ri.

Et maintenant, il écrivait des poèmes. Il se levait, vers les deux heures du matin, pour scribouiller des alexandrins sans queue ni tête, et il en oubliait même de ronfler. À quatre heures du matin, la campagne attendait avec inquiétude un séisme qui ne venait pas. Les coqs redescendaient, trahis, de leur perchoir.

Quand il rentra, les bras chargés de sacs de vilain papier kraft, elle l'examina au grand complet. Elle remarqua d'abord son regard vide, émanant faiblement de la prunelle grise et comme désertée. On aurait dit qu'il ne prêtait aucune attention à la tâche qu'il effectuait, qu'il cherchait simplement à se débarrasser des fardeaux qui l'encombraient. Elle remarqua ensuite qu'il haletait légèrement comme s'il avait couru, alors qu'il n'en était rien. Cet essoufflement n'avait aucune raison d'être. Ou peut-être… peut-être fallait-il incriminer le poids de ce qu'il transportait. Admettons qu'il y avait là quelque chose. Après tout, même les fous peuvent s'essouffler. À preuve… Et puis la bouche… Pauvre lui ! Elle déviait encore plus que d'habitude, comme si elle allait très haut chercher l'air. Une bouche à proférer des alexandrins sans rimes ni bon sens, ou plutôt avec rimes, ce qui est encore plus effrayant. Quant au nez, il avait l'air normal, ce qui ne prêchait pas en sa faveur. Un nez normal au milieu d'un visage si chambardé peut être tenu pour suspect. Il y a là ou bien de l'hypocrisie, ou bien une lenteur à se manifester sous son vrai jour. Yvette ne faisait pas confiance à ce nez qu'elle avait aimé par-dessus tout.

Le reste du corps était à l'avenant, c'est-à-dire pas avenant du tout. La posture rigide rappelait de loin celle de la *Liberté éclairant le monde*, de Bartholdi, jusqu'au dépôt des paquets sur la table. Un embonpoint raisonnable rendait redondant le torse jadis romain. Yvette, qui revoyait d'un œil neuf les reliefs de la personne aimée, se désolait de chaque découverte. «J'ai perdu mon Wilfrid Stephen, se chantait-elle à voix muette. Il n'est plus lui-même. Il est habité par un monstre, un fou, un poète!»

— As-tu trouvé la pâte d'arachides avec du croquant, que tu aimes tant? lui demanda-t-elle pour tester ses capacités de réaction aux stimuli quotidiens.

— Oui, mon chou, j'ai trouvé le beurre de pinotes. J'ai choisi le meilleur, celui qui plaît aux potes.

«Mon Dieu, mon Dieu! se lamentait intérieurement Yvette. Il parle en alexandrins, maintenant. Pour les besoins d'une rime, il est prêt à sacrifier le sens de son message! Mon calvaire n'est pas près de finir!»

À vrai dire, Wilfrid Stephen Christian, hanté par des sujets de méditation qu'il avait toujours refoulés au cours de sa vie active, vivait une petite crise de lyrisme, sans plus. Il y mettait l'ardeur de son tempérament entier, houspillait le dictionnaire au grand complet pour combler les cases qu'une exigeante versification imposait à son inspiration. Si Yvette avait pu suivre le détail journalier des activités politiques de son mari quand il était à la tête de l'État, elle eût retrouvé

l'équivalent dans les opérations verbales auxquelles il se livrait maintenant.

Un après-midi du mois de mai, à l'heure où le
soleil mettait enfin en déroute la fraîcheur restée
de la nuit, sous un ciel passablement laiteux, la
sieste des Christian fut interrompue par le bruit
d'une voiture qui arrivait. Les visites non annon-
cées étaient rares, et Yvette crut que Pierre-Idiott
leur faisait une de ces surprises dont il avait le don.

Un coup d'œil à la fenêtre les détrompa.

— C'est une femme, dit Wil.

— Une femme ? Pourtant, nous n'attendons
personne.

— Fais attention, tu parles toi aussi en alexandrins.

— Seigneur Dieu !

La figure ombragée par un chapeau de paille
passablement incongru, une femme assez replète,
agrippée à son sac à main comme à une bouée de
sauvetage, se rapprocha à pas pesants et appuya
sur la sonnette. Wilfrid Stephen alla lui ouvrir.
Restée en arrière, Yvette vit avec stupéfaction Wil
lever sa main comme pour administrer sa fameuse
tape, puis, après un assez long moment, la laisser
retomber en émettant un sourd grognement.

— Ah ! monsieur Christian ! Frappez-moi si
vous le voulez, je l'ai bien mérité !

— C'est vous, Marie-Linda ? s'exclamait
Yvette, qui avait reconnu la voix.

— Ah ! madame ! monsieur ! vous que j'ad-
mire tant, qui avez été si bons pour moi quand

j'avais la responsabilité du petit et que vous veniez le voir, lui faire toutes sortes de caresses, lui dire des mots si gentils ! Ah ! comme je suis coupable ! Pourrez-vous jamais me pardonner ?

— Non ! jeta Wil de sa voix la plus rogue.

Elle repartit à pleurer de plus belle et Yvette, touchée de compassion, la prit contre elle et lui tapota le dos.

— Je ne vois pas ce que cette criminelle fait ici, dit Wil. Elle nous a suffisamment fait de tort comme ça. Enlever notre petit Jeanjean ! M'obliger à démissionner ! La plus belle situation que je pouvais avoir ! Premier ministre ! Jamais je ne pourrai retrouver cela !

— Toi, Wilfrid Stephen, répliqua Yvette, tu n'es qu'un égoïste. À t'entendre, on croirait que le sort de notre petit-fils t'importe infiniment moins que cette ridicule fonction de premier ministre, qui te donnait beaucoup plus de soucis que de satisfactions. D'ailleurs, es-tu bien sûr qu'elle correspondait à tes aspirations véritables ? En tout cas, réjouis-toi de n'avoir rien perdu de plus. S'il avait fallu que Jeanjean…

Là-dessus, la voilà en pleurs elle aussi, et mêlant ses larmes à celles de Marie-Linda.

— Ah ! les femmes ! grogna Wil qui faisait des efforts pour ne pas succomber à son tour.

Le mélodrame, après plusieurs minutes, s'apaisa quelque peu et fit place à la conversation articulée.

Des confidences larmoyantes de Marie-Linda, il ressortait que la pauvre femme avait été victime d'un complot savamment ourdi par un lieutenant de Martin St. Paul, un dénommé John quelque chose, Ettewick peut-être, en tout cas un anglophone, qui avait embrigadé un monsieur très séduisant pour lui faire la cour et paralyser son jugement moral... Bref, elle s'était trouvée embarquée dans cette effroyable aventure, qui avait d'ailleurs surpris les ravisseurs par la publicité qui lui avait été faite partout dans le monde.

– Tout de même, vociféra Wil, on n'enlève pas l'enfant du plus grand industriel du pays et, au demeurant, le petit-fils du premier ministre, sans que la nouvelle se répande, non ?

– Laisse-la donc parler au lieu de faire des raisonnements ! On croirait entendre Pierre-Idiott ! Allons, ma petite chérie, continue de raconter.

Marie-Linda avait gardé son chapeau de paille, mais on l'avait fait asseoir dans le fauteuil rouge cerise où sa corpulence, qui avait beaucoup augmenté en deux ans, se carrait. Elle décrivit dans le menu détail les soins qu'elle avait continué d'apporter à Jeanjean, cherchant même, par de nouveaux raffinements, à compenser l'absence des figures familiales, papa et maman Saint-Laurent, papi et mamie... Martin St. Paul passait, de temps à autre, s'enquérir de la santé du bébé et ne manquait pas de laisser un gros huard dans sa menotte, en lui en promettant davantage si grand-papa avait le bon sens de démissionner.

— Où est passé cet argent ? demanda Wil.

— Mon… hum ! monsieur Vezeau, un de mes amis, l'a placé en fiducie. Il pourra le toucher à sa majorité.

— Ah ! canaille ! canaille ! fit Wil, qui pensait à St. Paul, ce qui produisit un imbroglio qui dura bien dix minutes.

Parce qu'elle ne pouvait plus vivre avec son remords et fuyait le sentiment de culpabilité en d'étourdissantes goinfreries qui menaçaient sa santé, Marie-Linda avait pris le difficile parti de venir se confesser, en espérant toutefois que l'affaire en resterait là et qu'elle n'aurait pas à en faire étalage devant les tribunaux. La police l'avait certes interrogée, mais avec courtoisie. D'ailleurs, elle avait entendu dire que le sergent Bazinet, des services secrets, était parfaitement dévoué au premier ministre désigné et s'employait à éteindre tout début d'incendie. Grâce à lui, l'instigateur du complot, ce John… Ettewick, avait été remercié et réduit au silence, en particulier en tablant sur ce que vaut la parole d'un sans-abri…

Ainsi donc, tous les témoignages concordaient. Comme Wil l'avait tout de suite soupçonné, c'est d'un frère en politique, un libéral fédéral, que venait le coup qui avait précipité sa chute. Qui avait surtout, ajoutait Yvette, mis en danger la vie ou en tout cas l'intégrité physique du charmant, de l'adorable, de l'infiniment aimable Jeanjean. Et c'est la voix de son beau-père, le déboucheur de toilettes, qu'entendait Wil du fond de son amertume : « La politique, c'est sale ! » Combien de fois n'avait-il pas protesté intérieurement contre ce jugement si répandu ? Il devait bien admettre, aujourd'hui, que le vieil homme avait raison.

La nuit qui suivit, Wil fit un rêve dont, au réveil, il ne put déterminer exactement la nature : cauchemar ? songe heureux ? songe prophétique ? Il y avait à la fois du bonheur et du malheur, dans la situation affective et existentielle qui lui était faite. Il se voyait emmitouflé dans un lourd manteau de fourrure blanche avec des taches noires, une fourrure si douce au toucher, si caressante, qu'il lui semblait reprendre à rebours le chemin de sa naissance, ou même, d'avant sa naissance, dans l'antre glorieux d'où nous provenons tous. Et une voix solennelle disait : « Voici Jeanjean, le premier du nom... Jeanjean, notre roi bien-aimé... Il a rétabli la voix et l'ordre... la noix et l'hyperbole... Jeanjean... Jeanjean... »

VII

Matamore premier

La campagne électorale s'exténuait. À une semaine du scrutin, la victoire des libéraux de
John Charolais s'annonçait si totale que plusieurs
candidats du Parti national s'apprêtaient à quitter
la vie politique, convaincus de l'abyssale inutilité
de leur mission. Vouloir sauver le pays, quand le
pays souhaitait du fond de l'âme se dissoudre
dans la pétillante lessive canado-américaine, qui
rend le blanc plus blanc et détruit les bactéries
causées par la transpiration et autres sécrétions
naturelles du corps, vouloir un avenir français
sur un continent espagnol et anglais qui n'avait
que faire des «folklores», ces objectifs devenaient dérisoires. Au siècle de la néotechnologie
informatique et robotique, de l'économie vir-
tuelle et de la mondialisation des marchés, où les
enfants, gavés de jeux électroniques, collection-
naient toutes sortes de monstres à piles, fades ou
violents, capables d'interagir avec leurs pulsions

les plus secrètes, quelle place y avait-il pour la fidélité à une certaine culture et à une certaine manière de penser, de vivre et d'aimer ? Ce n'était que cela, au fond, le vieux rêve français, devenu le rêve canadien-français puis le rêve québécois, et maintenant le rêve de personne. Si : le rêve de nationalistes nostalgiques, devenus la risée de tous.

Parmi ceux qui riaient plus haut que les autres, il y avait Lysiane Dubuc, qui avait d'abord construit sa carrière en professant un attachement démesuré à la langue française. Un vaste reportage sur les écoles et divers milieux de la belle province lui avait permis de conclure pour elle-même à l'indigence incurable du parler national et, depuis, elle s'était faite docile aux perspectives libérales et fédéralistes de ses patrons. En quelques années, *La Presse* était devenue, d'abord au niveau de son sanhédrin éditorial puis dans sa totalité, le véhicule idéologique des intérêts du grand capitalisme québécois, qui pensait en anglais et dont la raison sociale ignorait même la langue du Québec. «On ne fait pas de l'argent avec des prières», confiait parfois le patron des patrons à ses disciples et, par prières, il entendait tout ce qui déroge à la loi d'airain de l'économie nord-américaine.

Dans sa solitude de Saint-Lin, Wilfrid Stephen Christian allumait parfois, par désœuvrement, la vieille télé qui lui donnait à avaler une ration incroyable de publicités, toujours les mêmes et

toutes vantant des voitures, des services financiers, des produits naturels, des magasins de meubles et autres formes du merveilleux contempo-
rain, festival inlassable et inépuisable de tout ce
qui intervient là où ça fait mal, de ce qui vous est
offert à des bas prix mirobolants auxquels la qualité n'est nullement un obstacle, vrai, de mécani-
ques conçues pour vous permettre de vivre le
rêve de puissance que votre conjoint(e) est bien
incapable de vous inspirer, etc. Entre les régals
publicitaires, des émissions d'information rame-
naient le téléspectateur aux trivialités de ce
monde, présentées en sujets brefs elles aussi, mais
avec moins de perfection délirante que les pubs.

Peu intéressé au début par la campagne électorale, Wil fut tout de même intrigué finalement
par ce qui lui apparut comme une débandade
majeure du Parti national. Que se passait-il
donc ? Il n'avait jamais apprécié les positions de
son collègue Boucher, même quand il militait
sous la bannière du Beau Risque, mais il avait
pour sa personne de l'estime, voire quelque
chose comme de l'amitié depuis que ce dernier
lui avait témoigné sa sympathie, lors de l'invraisemblable épisode de l'enlèvement de son petit-
fils. On pouvait être adversaires et ne pas être
ennemis. On pouvait aussi être proches, politiquement, et ennemis dans la vie…

Pendant plusieurs jours, Wil fut préoccupé
par la catastrophe qui s'abattait sur le Parti national.

Il en vint même à se dire que si ce parti venait à disparaître du paysage politique québécois, c'en serait fini de tout un passé, et peut-être bien du Québec lui-même, voué à l'assimilation. Et, soudain, la chose lui apparaissait grave.

Il avait bien, quelques années plus tôt, commenté l'assimilation des francophones hors Québec avec une certaine désinvolture, en la comparant à la baisse de la pratique religieuse dans la population autrefois si catholique. Mais il s'était alors placé en dehors de la communauté francophone, comme il s'était placé en dehors de la communauté des croyants. Or, en politique, il ne pouvait faire ainsi abstraction de son appartenance à une culture. La religion pouvait, et même devait être séparée des affaires de l'État ; la langue, non.

Yvette, consultée sur ce point, hésita d'abord, puis dit :

– C'est vrai, mon chou, tu as raison : le royaume de Dieu n'est pas de ce monde, mais le royaume du français l'est. Le français doit régner au Québec.

Wilfrid Stephen s'empara de ce précieux avis, comme un phoque engloutit d'un coup le poisson qui le nourrit, et s'immergea dans une profonde réflexion.

Il en ressortit cinq jours plus tard, au moment où il n'était plus question que de l'imminente démission de Lucien Boucher, quelques jours seulement avant le scrutin. La pagaille était extrême dans le camp des souverainistes, et Alain-Carl Gagnon commençait même à rire jaune devant une situation qui risquait d'ébranler considérablement la structure du régime politique, transformé soudain en régime à parti unique. John Charolais tremblait lui aussi dans ses pantalons fédéralistes, effrayé de devoir composer une équipe ministérielle dans l'étoffe d'un gouvernement sans opposition. Bref, avant même la proclamation d'une victoire sans précédent du Parti libéral, une atmosphère de crise commençait à s'installer.

Plus il réfléchissait à la conjoncture, plus Wil sentait se réveiller en lui de vieilles ardeurs, comme si quelque chose, dans cette atmosphère pourrie, l'appelait au combat. Du reste, ce Charolais lui apparaissait de plus en plus comme un plat valet de l'idéologie néolibérale si bien incarnée par le glauque Martin St. Paul. Depuis qu'il taquinait la Muse, Wil se méfiait de l'économisme, et reconnaissait à Lucien Boucher un respect des valeurs culturelles qu'il ne trouvait chez aucun des libéraux, même pas chez celui qu'il avait été lui-même… Chez Pierre-Idiott, peut-être ? Mais il y avait longtemps qu'il avait quitté la scène publique, et puis, ce cher Pit avait bien ses failles, lui aussi.

Que penser ? Et surtout : que faire ?

☆

Les velléités de démission de Lucien Boucher étaient on ne peut plus réelles. Rattrapé, à travers sa campagne, par une vieille fatigue qui prenait les proportions d'un épuisement total, sous l'effet d'assauts et de déceptions impossibles à encaisser, il n'arrivait plus à cacher son sentiment d'impuissance et son ardent désir de passer la main. Sa capacité de jugement avait été atteinte et diminuée au point qu'il lui semblait, à quatre jours seulement des élections, que n'importe qui pouvait faire mieux que lui et, sinon redresser la situation du parti, du moins empêcher l'effondrement que tout donnait à craindre. Il ne fermait plus l'œil de la nuit, sauf pour voir le visage de Lysiane Dubuc se tordre dans des vapeurs de gaieté rousse.

À deux heures du matin, il était particulièrement désespéré et songeait à s'enfuir en catimini. Il irait vers une plage de Californie qu'il aimait, où il s'était fait des amis de quelques grosses pierres jaunes comme le jour et de palmiers ébouriffés de soleil. Là, personne ne le retrouverait avant longtemps et, quand on le retrouverait, il serait trop tard, l'irréparable serait accompli. C'est à ce moment que la sonnerie du téléphone retentit. Sans doute allait-on lui annoncer une ultime catastrophe. Il décrocha et entendit quelque chose de confus au bout du fil.

– Oui ? Oui, allô ? Il y a quelqu'un ? bougonna Lulu.

La voix soudain se fit très claire :

– « Allô ? Lucien ? »

Qui donc l'interpellait avec cette familiarité ? Il reconnaissait vaguement cette voix, mais...

– « *Are you a good Christian ?* »

Cette question illumina comme un éclair les ténèbres où se débattait Lulu. Quoi, ce sacripant... en pleine nuit... que me veut-il donc, au moment où je bois l'effrayant calice ?...

– Un bon chrétien, oui, mais comme boucher, je ne vaux plus grand-chose.

L'autre rit.

– « Hé, Lulu, te souviens-tu : " Il vaut mieux être chrétien ou même... Christian, comme disent nos amis anglais, que boucher ! " »

– J'ai toujours pensé que Lysiane s'était mise à ton école. Même style, même humour...

– « Ouais ! Au fait, pendant que tu descends en enfer, comme c'était mon cas la dernière fois que tu m'as appelé, sais-tu ce que je fais ? »

– Aucune idée. Je n'ai guère eu le temps de penser aux amis. Tu sais, je suis très pris, ces temps-ci...

– « De la poésie, mon cher. J'ai retrouvé un vieux manuel de versification que j'avais au collège, et j'écris des alexandrins. »

– Très bien. Comme cela, si le Québec passe à l'anglais pieds et poings liés, comme il s'apprête à le faire, il restera au moins un monument de littérature en français pour témoigner de ce que nous avons été.

— « Très juste ! approuva Wil. Sauf que, à la poésie, je préfère encore l'action, surtout si elle est éclairée par le verbe. Tu comprends ? »

— Non, mais ce n'est pas grave.

— « Mais si, c'est important. Tiens, imagine que toi, qui es sur le point de subir une déplorable défaite – oui, déplorable – aux mains d'adversaires qui ne t'arrivent pas à la cheville, imagine que tu te trouves un remplaçant et que, ce remplaçant, c'est moi ! Penses-y un peu : qui est capable d'obtenir une forte majorité de voix sinon un candidat-surprise, qui vient changer toute la donne, et, au surplus, quelqu'un qui fut très populaire mais dont les idées, je le reconnais, se situaient dans la logique coloniale. Imagine, donc, que moi, avec mon passé d'homme politique aguerri, aimé de beaucoup, assez moqué de part et d'autre pour ne pas inspirer de crainte, je me présente à ta place comme champion de la légitimité québécoise. Et qui plus est, je propose d'instaurer dans les six mois la monarchie québécoise pour faire pendant au Canada, monarchie dont la reine vit en Angleterre. Eh bien, moi, je vivrai au Québec. J'aurai mon parlement à Montréal et ma cour d'été à Saint-Lin. Yvette régnera à mes côtés, ce qui sera pratique pendant que j'écrirai notre épopée. Je veux qu'elle soit reine !... »

Wil passa plusieurs heures à convaincre Lulu du bien-fondé de son projet. Comme celui-ci n'avait plus rien à perdre, il consentit à laisser le champ libre à son vieil adversaire, devenu le plus ardent partisan de la souveraineté.

C'est ainsi que le Québec devint souverain, et Wilfrid Stephen Christian aussi. Sous le nom de Matamore Ier, il régna le reste de son règne, généreux et paterne avec son peuple qu'il régalait d'alexandrins bien tournés. Il paraît que les vieilles querelles politiques firent place à d'admirables joutes grammaticales, sous la direction de Lysiane Dubuc revenue à ses premières amours, et que le Québec devint le partenaire recherché des peuples du monde désireux d'adapter chez eux sa tradition de paix séculaire, que n'avaient pu troubler les débats constitutionnels les plus éprouvants.

Table

*Cet ouvrage
composé en Berthold Baskerville corps 12 sur 14
a été achevé d'imprimer
em octobre deux mille
sur les presses de
l'Imprimerie Gauvin,
Hull (Québec).*